救了遇到痴
S級
女
才發現是
鄰座的
竹馬
謙之字
Illustrations Fly
3

① 姬嶋藍這位青梅竹馬

一如往常的早晨，我搭乘電車，與青梅竹馬伏見姬奈一起上學。

「不必露出那麼憂鬱的表情吧。」

「當然憂鬱囉……果然又是擠滿人的電車呀。」

其實我也很憂鬱，至於伏見會討厭這樣，是有理由的。

之前她差點就受到痴漢的騷擾。當時恰好被我撞見了，因為我出聲制止那個中年嫌犯她才沒出事。

不過那時我還不知道受害者就是伏見，後來才發現好像是她。其實我們本來從中學到高一都沒說過幾句話，但以此為契機就變得有話可聊，偶爾還一起出去玩，最後恢復像這樣一起上下學的標準青梅竹馬。

「小諒，小諒，從明天起，要不要提早三十分鐘搭車？」

「不可能不可能，我根本爬不起來。」

「是喔……」

這個提議，已經是第二次聽到了。

上次伏見這麼對我說的時候，我回答「那，伏見自己早起如何？」建議兩人分開上學，結果她好像非常不高興。

伏見想要搭比較空一點的電車，而我則是一大早爬不起來。我那麼說也是為了雙方的利益著想啊。

心情盪到谷底的伏見，那天就算我被老師點到她也不肯提示我答案（平常都會偷偷提醒我的），也不借我自動筆芯，更不肯讓我看她的筆記。

……像這樣羅列出來就會發現我是多糟糕的學生……

好吧姑且不提那個，雖然不知道為什麼，但至少我學會了「分開上學的提議」是地雷。

「可是，騎腳踏車又太遠了……」

其實，我也不喜歡搭滿載的電車上學。如果可以，我寧願抓著吊環甚至是有座位坐，而不是被這麼多人擠來擠去。不過，如果問我跟提早起床那個比較好的話，我還是選擇前者吧。

雖然跟我靠得很近但沒有緊貼在一起的伏見，這時不解地歪著頭。

「你有騎過腳踏車上學嗎？」

「有喔，不過只有一次，而且花了四十分鐘左右吧。」

除了可能遇到下雨，夏天很熱冬天又很冷。假使路程只要騎二十分鐘我還可以忍耐吧。

「騎腳踏車上學……」

伏見這麼喃喃說道。

「一起騎一起聊天，這樣來學校，好像可以。」

四十分鐘的路程可是很遠喔……？

這時電車剛好駛過一個和緩的彎道，我背部所受的離心力增加了。

為了對抗這股力道我努力挺直背脊。這時候要是我撐不住就會撞上伏見。

結果，伏見對我目不轉睛地仰望著。

「……怎麼了？」

「呼呼，沒事，只是覺得，謝謝你。」

她臉上頓時綻放出微笑，我則把目光撇開。

在電車搖晃的影響下，我不時會跟伏見的身體碰在一塊，是說女孩子的身體為何會這麼柔軟呢，不禁使我感到很不可思議。而且味道又很香。

電車停靠站邊，乘客換了一批。還剩下三站——

正當我設法抱持心如止水的狀態時，一個身穿陌生制服的女孩映入我眼簾。

就在大約兩公尺的前方。

© Fly

……像這種擠滿人的電車，大部分男性都會為了避免被誣告為痴漢而盡量與女性保持距離。然而，就在那個女生的正後方，有個中年男子卻很不自然地站在很近之處。

——這女孩，就是我跟伏見的兒時玩伴姬嶋藍，但在當下我卻完全沒看出來。

「伏見，妳稍微自己撐一下。」

「耶？怎麼……」

我不理會想問原因的伏見，逕自撥開人群在車廂內移動。眾人都對我露出不悅之色，但我毫不在意。

我的身體卡進那女孩跟中年男之間，這樣事情就算搞定了——結果我才剛這麼以為，手臂就被那女孩揪住，在下一個停靠站被強制拉下車。

「……又是你喔。」

擔任鐵路警察的叔叔，對坐在鋼桌前的我翻起白眼。

「呃，我也不是自己想來的啊。」

這裡就是上次伏見遇到痴漢時，我為了追那個嫌犯而下車的車站。

距離上回剛好過了一個半月。我再度因涉入痴漢騷動而被扭送過來，像這樣接受警方的偵訊。

「所以，高森同學救了一個差點被痴漢騷擾的女孩（女高中生），對嗎？」

「是的，就是那樣。」

跟上次不同之處在於，這回雖然也是青梅竹馬，但卻是因轉學而遠離我身邊的女孩子。

「……那麼，那位女高中生呢？」

「跑了……逃掉了。」

沒錯。把我從電車上拽下來的姬嶋藍，一認出我是誰，就自己從驗票閘門衝了出去。

「又來了嗎？」

「什麼又來了……」

「我聽月臺上的乘客們喊著有痴漢事件就衝出來看，結果騷動的中心是你，但現場既沒有被害人也沒有嫌犯。」

唉——這位警察叔叔嘆了口氣，站起身背對我。

「說真的，你是不是就是犯人啊？大叔我不會對其他人說的，你老實招供吧。」

警察好像在誘導我的發言。

「閉上眼睛，如果是你就默默舉起手。」

呃這是開班會時要犯人自己招認的方法吧。

「就說了，我只是為了防患於未然，卻被那個女生誤會……」

嗚嗚、嗚嗚——這時我的手機發出震動。我從口袋拿出來瞄一眼，發現是伏見打來的。

大概是因為我被拖下車，她現在很擔心吧。

正如上回一樣，我將被害人的特徵，以及受害情況，還有那位嫌犯的模樣等等，告訴這位鐵路警察叔叔。

「那個，不好意思，請你跟上次一樣向學校聯絡，說我會遲到。」

「知道啦知道啦。」

偵訊結束的警察叔叔，好像很無奈地嘆了口氣。

我告訴他學校的電話號碼，他用辦公室的電話幫我聯絡。

像我這種蹺課慣犯，如果自己打電話會有很高的機率會被懷疑是蹺課。

等我被警察放走，才搭上跟先前截然不同的空蕩蕩電車，前往學校。

小藍在轉學以後，曾跟我信件往返過兩次。

「我會寫信給諒，所以，諒也要回信喔？」她臨走前曾這麼對我說，後來她真的寫了，我則因為之前答應過她，不好意思不回，印象中我也寫了回信。

我、伏見、小藍、茉菜，小時候我們四個人經常一起玩。

聽說她又要轉學，怎麼會重返舊地——難不成，小藍要回到我們身邊了。

我如此猜測著，結果事實好像真是這樣。

我在第一堂課開始前到校，不過沒有人理會遲到的我，大家都顯得一副坐立難安的樣子。

「你突然下車是怎麼了呀？」

只有鄰座的伏見關心我。

「喂，伏見，妳記得小藍嗎？」

「嗯，小藍，是指姬嶋嗎？」

沒錯沒錯——我點點頭。我告訴她我救了一個差點就被痴漢騷擾的少女。

「那個少女，就是小藍喔。」

「咦？你說什麼？難不成，那個人就是小藍……？」

「妳是指？」

「小若老師說，六月起有個女生會轉學過來。」

「轉學到我們班？」

「好像是唷。」

伏見這麼咕噥道，並取出教科書。

難怪班上同學一副浮躁的樣子，有轉學生要來也算是一大事件。叫大家不要有任何反應恐怕很困難。

午休時間。

在沒有其他人的物理教室，只有我跟鳥越靜香享用午餐。

我跟伏見尚未恢復青梅竹馬的情誼前，在學校跟我交情最好的……我認為就是鳥越了，我們總是像這樣在物理教室靜靜地共度午休。

兩人其實不會特地聊天，也沒有面對面坐著吃午飯。雙方都不介意保持沉默，更不會因此感到尷尬。和鳥越共度的午休時間，對我而言是格外自在舒適的一段時光。

「是從六月轉來啊。」

這時鳥越唐突地喃喃說了一句。

「什麼？」

「轉學生。」

「從六月轉來，又怎麼了嗎？」

「不是有個重要的活動嗎？」

「什麼活動啊？」

「校外教學。我只是在想大家可以一起去玩了。」

對喔，自從上回校慶討論後我就忘了，還有這個活動啊。

由於老師出差不在，日本史這堂課就變成自習了。

正用自動筆沙沙沙迅速書寫的伏見，這時低聲說了一句。

「是不是小藍姑且不論，但六月轉學很奇怪吧。」

「與其說六月怪，不如說轉學生本身就是很罕見的。」

我那份當作業的試卷還是一片空白，相較之下伏見已經快寫滿半張了。

我想偷偷湊過去看，卻被伏見用手臂擋住了。

「小諒，你老是這樣。」

伏見一臉嚴肅地發怒道。

「自己打開教科書，答案都在上面呀——」

伏見一步步仔細指導我該怎麼寫。

「正常情況下，轉學生都是暑假結束後的九月來吧？這個時間點簡直不上不下。」

「我也有同感，可能她討厭錯過校外教學吧。」

據鳥越所言那好像是一大活動。

或許是自習的緣故，教室內到處都有人在聊天。

話題包括轉學生的事，以及校外教學會去哪？之類的，當然還有找朋友同組。

從可以去外地旅行這個觀點看，校外教學其實也是挺不賴的活動。

不過，必須以全校或班級為單位集體行動，這點就另當別論了。

去年校外教學，我們班上交情好的人都各自找好組了，包括我在內的多餘傢伙就只能組成一支混編部隊。這群人在旅館的房間內氣氛就很尷尬，總是盡可能跑到其他組別的地方去，所以經常只剩我一個人在房內發呆。

「小藍她，現在不知道感覺怎麼樣？」

「變成高中生了。」

「呼呼呼，那還用說嘛。小諒，你就沒有看到其他特別的嗎？」

「她穿著陌生的制服。」

「她是從哪裡轉來的呀？」

「記得，好像是東京那邊的學校。」

「難怪會覺得陌生。」

已經寫完自習作業的伏見，單手拿著一冊文庫本跟我聊著。

周遭也有很多寫完作業的人從座位離開，去找交情好的同學聊天了。

我前面的座位就因此沒人，這時被拿著試卷的鳥越所占據。

「小靜，妳寫完了嗎？」

「還差一點。Hina，妳已經寫完了喔？」

「欸嘿嘿，別看我這樣，我也是成績優異的好學生。」

真難得啊，鳥越竟然會在自習途中刻意過來這裡。

「鳥越，妳有什麼事嗎？」

「小諒，你怎麼那樣對人家說話。」

伏見好像不悅地對我繃著一張臉。

「大家都是好 Friends，來我們這邊又有什麼關係。」

好 Friends——這種詞彙充滿了昭和的年代感啊。

「不、不是的，我並沒有……那個意思……」

鳥越害羞到耳朵都紅了，音量也越來越小。

「不過那句『好 Friends』，感覺好土氣。」

叮——伏見頓時整個人石化了。

這「土氣」二字，最近快變成伏見的禁忌詞彙了。如果拿來說她壞話，會造成效果奇大的傷害。

「我只是好奇，你們兩位，打算怎麼辦而已。」

鳥越保持背對我們的方向，這麼說道。

「什麼怎麼辦啊？」

「就是校外教學的分組。」

啊……原來鳥越是為了確認這個才主動找上門的。

「小諒，你有人選嗎？就是想跟誰同組。」

抱歉，我已經跟其他人組好了。

……如果我的人生可以說這種話就好了，我心想。

「小諒，你怎麼露出遙望遠方的眼神，怎麼了嗎？」

「在另一個平行世界的我，如果真能這樣就好了。」

「？」

伏見感覺很不可思議地對我猛眨眼睛。

「那個——」

鳥越這時一個轉身，重新面對我們。

「如果，方便的話……我想一起……跟高森同學，還有Hina，校外教學，同組。」

鳥越好像很害羞地把兩側嘴角往下抿，靜待我們的反應。

有人像這樣主動邀約我，不知道是時隔多久的事了？

因為真的是久違了，我一下子有點愣住。

伏見跟她的感情很好，想必會立刻點頭答應吧。

正當我這麼想並朝旁邊瞥了一眼，卻看到伏見若有所思般躲開了我的視線。

這種反應真是出乎我的預料。

「妳預定要找誰同組嗎？」

我這麼問道，伏見搖搖頭。

「沒有。呃，那麼，就請妳多關照了。」

彷彿大大鬆了口氣，鳥越的臉色頓時明亮起來。

「太好了。不過 Hina，我猜其他同學也會來邀妳吧。」

「啊！」

不知道一組的人數是多少，但總不可能上限三人吧。

「這麼一來，就得把喜歡黏著伏見的那些人加進組裡了。」

我如此說道，那兩人都噗嗤地笑了。

「看來小諒也覺得ＯＫ囉。」

「應該是吧。」

這下子就變成伏見組了，希望之後不要出什麼亂子才好。

伏見跟鳥越那兩人，熱烈交換著校外教學該怎麼行動的意見。

我則對鳥越有點刮目相看的感覺。

她竟然有勇氣，像剛才那樣主動邀約我們。

以我的立場，我可是非常能體會鳥越究竟是鼓起了多麼大的勇氣。

只有對自己非常有自信，或是抱持務必要成立這個組的決心，才能大膽說出剛才那些話吧。

唯有在上述情況下，才能預期自己的邀約不會被對方拒絕。

對於朋友數量極少的我和鳥越來說，類似「可能會被拒絕」、「可能會給對方帶來困擾」的顧慮，簡直是家常便飯。

在這種情況下，目睹鳥越剛才主動邀約的模樣，我也不能否認地受到了一定的鼓舞。

「小藍她，不知道會加入哪一組耶。」

「應該就是我們這組吧？畢竟有我跟伏見在。」

「啊……對喔對喔，很有可能。」

下一週就進入六月了。

那位轉學生大人很快就要降臨。

如果照以前的稱呼方式叫她小藍未免有點不好意思，還是叫她姬嶋好了。

「那位轉學的女生，你們認識嗎？」

「還無法確定是不是我們認識的那個姬嶋要轉來啦。」

「小諒又開始假掰了。」

「我才沒有哩。」

「那乖乖叫人家小藍不就得了。」

「小時候的稱呼方式延續到現在，不會覺得丟臉嗎？」

會嗎——？伏見不解地歪著腦袋。

「小藍她雖然小學沒讀完就轉走了，但當初跟小諒還有我的感情都很好耶。」

伏見對鳥越說明著那位可能是小藍的轉學生。

小時候，經常是包含茉菜在內的四個人一起玩耍。由於除了我之外都是女生，也經常被其他男生冷眼看待。

「她跟你們兩人的關係都很好嗎……這麼一來，也會產生另一個問題吧？」

鳥越皺起眉這麼喃喃冒出一句。

「當年轉走的青梅竹馬隔了好幾年後重逢了——正處於思春期當中的兩人要縮短距離花不了多少時間——」

鳥越用音色優美的旁白口吻這麼說道。

「才沒有那回事。」

伏見立刻強烈地予以否定。

「才沒有那回事。」

她又重複一遍。

因為口氣很冰冷，我跟鳥越都忍不住望向她。

「才沒有那回事。」

她說了第三遍。

嗯唔唔唔——雙頰鼓得像倉鼠一樣的伏見，滿臉陰鬱地對手邊的文庫本垂落視線。

「高森同學，你快想想辦法。」
「別推給我啊，她不是鳥越的好 Friends 嗎？」
噗呼——鳥越聽了噗嗤一聲。
「不准笑。」
「可是，這個詞實在是……」
「反正我就是很老土啦。」
雖然音量很低但我卻聽得相當清楚，伏見正在鬧彆扭。
「Hina 在看的那本書，是之前對我提過的那個嗎？」
「嗯，沒錯沒錯。雖然我才剛開始看——」
喔，話題跳開了。然而，我覺得鳥越是故意這麼做的。

拜拜囉——跟伏見道別並返回自宅，我妹茉菜似乎已經先到家了。看見她的學生便鞋整齊地擱在玄關的脫鞋處，想必是如此吧。
「今天晚餐吃什麼？」
由於裡頭有動靜，我從客廳往廚房的方向探頭窺伺，果不其然，一位在制服外套著圍裙的辣妹正站在那邊做料理。
這位比我小兩歲、就讀中學三年級的辣妹，咚咚咚地，用菜刀發出清脆的聲響不知在切什麼。

「葛格，既然回來了為什麼不先跟我招呼一聲——」

妳又不是我媽。不過，她說的話倒是比我的正牌老媽更像母親。

「我回來了。」

「你回來啦。」

咿嘻嘻——我妹開心地笑了。這孩子，將來一定會成為好太太的。

「那個，姬嶋……我是說小藍這個人，妳還記得嗎？」

「小藍是指以前那個小藍姊姊吧？與其問我記不記得，不如說根本忘不了。我們可是在一起玩耍過無數次的好交情呢。」

不知是味噌湯還是什麼，正在嘗菜色味道的茉菜喊了聲「很好！」並滿足地點點頭。

其實我，當然不可能把對方忘得一乾二淨。只不過，要不是像那樣在電車上猛然撞見那種場面，我恐怕也幾乎想不起那是她吧。

「關於姬嶋，妳有聽說什麼消息嗎？」

「她要轉學回來了對不對——？」

果然是這樣嗎？

「為什麼妳會知道啊？」

「她不是有個弟弟跟我同年紀嗎？我聽說那傢伙要轉回來了，所以才猜測小藍應該也會這樣吧。」

呼嗯──我不太感興趣地用鼻子哼了一聲。

我放棄窺探廚房，轉而去客廳隨便看看電視打發時間，就在這時門鈴響了。

「是姬奈姊姊嗎？」

「啊啊，妳待在廚房，我去開門。」

我制止用圍裙擦手正準備去應門的茉菜，逕自走向玄關。

伏見她，有什麼事嗎？

然而門鈴叮咚、叮咚地持續響著，我確信在門另一邊按鈴的人不是伏見。

如果是那傢伙，才不會像這樣重複按門鈴。

「來啦，現在就幫你開門──」

我用腳尖踩進剛剛才脫下的運動鞋，用手轉動門把將門推開。

「當痴漢的諒同學，近來可好。」

結果在玄關外的，是姬嶋。

「我還以為是誰呢……」

什麼近來可好啊。

姬嶋穿著跟早上巧遇時一樣的制服。

她的容貌跟小時候並沒有太大的差別，只是仔細觀察的話，可以發現她多少化了點妝。

跟伏見和鳥越有點不同，該怎麼說，她完全沒有那種鄉下的土氣。

她那張會被大多數男生評價為美少女的臉蛋也為她的氣質多加了幾分吧。

「嗨，姬嶋，有事嗎？」

「你竟然用『有事嗎』來打招呼……是說，怎麼改口叫我姬嶋了。」

姬嶋似乎頗為不悅，對我略略翻起白眼。

「因為妳就姓姬嶋啊。有什麼關係嘛，這樣叫起來比較方便。」

「隨便你怎麼叫我沒意見就是了——」

「所以，妳有何貴幹？對了，我可不是什麼痴漢喔。早上本來想跟妳解釋的，結果妳一下就逃跑了。」

「啊，那是因為，感覺會引起騷動，我才忍不住……」

引發騷動的人不就是妳嗎？

「我已經轉入跟諒還有姬奈同一所高中了，只是來通知一聲。」

「啊是喔——」

「你的反應太冷淡了吧？請稍微開心一點。」

「開心什麼？」

「這可是分別多年的青梅竹馬，現在又回來跟你讀同一所學校耶？」

就算妳這麼說好了。

她認為我會因為跟她上同一間高中而喜悅，看來她對自己還挺有自信的嘛。

「從下週開始，連班級都一樣喔。」

欸嘿──姬嶋似乎很得意地如此報告道。

今天早上，她好像是在模擬之後的上學路線吧。至於會在那一站上車，也是因為她對電車的目的地不太有信心，所以才中途下車去確認一下之類的。

結果卻遇上了痴漢未遂事件，真是太衰了。

「其實我已經偷偷參觀過這間學校了，也跟若田部老師當面打過招呼。」

「我擔任本班的班長，妳可不要在班上搗亂喔？」

「諒是班長？呼呼，聽到了一個好消息呢。」

這算好消息嗎？

看來正如剛才所言，姬嶋只是來打聲招呼而已。

跟她像這樣面對面交談，讓我回憶起兒時的往事。

姬嶋從以前就是這樣的人，遣詞用句還是跟小時候一樣。

「啊，對了。茉菜──？姬嶋來囉。」

我回頭對廚房的方向呼喚道，茉菜踩著拖鞋發出啪噠啪噠聲從走廊趕了過來。

「嗚哇，真的耶！小藍姊姊！」

「茉菜，好久不見了呢。」

「噢伊——」

「噢伊——」

這是什麼打招呼方式，是代表久違的意思嗎？

「葛格，幹麼要站在玄關這邊聊天嘛。像這種時候，應該問一聲『要不要進來？』才對吧。真是的——一點也不機伶。」

我一直都是這種性格，或許只是茉菜變成熟了也說不定。

「這麼說也沒錯……要不要進來坐坐？」

我這麼一問，姬嶋噗哧笑了出來。

「你們兄妹倆，還是跟以前一樣沒變耶。」

「可是小藍姊姊，妳變得很像是大都市的高中生——」

「茉菜也變成了不起的辣妹了呀。」

「就是說嘛——？還不是因為葛格堅持要我這樣，對吧？」

對妳個大頭鬼啦，跟我有什麼關係。

姬嶋用力皺著眉，以充滿厭惡感的目光不停打量我。

「你這傢伙，對自己的妹妹做了什麼……」

「天大的誤會啊。是這傢伙自己想這樣的，我可沒下達任何指示。」

「葛格，你不用害臊沒關係唷？」

「誰害臊了。」

剛才那些對話裡究竟有什麼需要害臊的要素啊。

「啊，對了——小藍姊姊，要不要在我們家吃飯。現在妳住哪裡啊？跟以前一樣的地方嗎？」

「啊啊……謝謝妳的好意，不過今天我就心領了。說真的，我只是來露個臉而已。」

「是唷？」

今天老媽會很晚回來，對正在準備晚飯的茉菜而言，或許這樣正好吧。

「那麼先這樣囉。」

姬嶋這麼說完便轉過身去。

拜啦——我隨口應了一句正打算關上門，卻被茉菜打斷了。

「葛格，你送她一程吧。」

「反正距離想必不遠，為什麼要送？」

「你們一定累積了很多話想說，就陪她走一段吧。況且不要看小藍姊姊這樣，她其實是很怕寂寞的。」

是這樣嗎？

既然茉菜都這麼說了，我只得無奈地將運動鞋重新穿好，從後頭追趕對方漸行漸遠的背影。

這回雙方的立場逆轉了。

「我送妳一程吧。」

「我家就在那邊啊。你應該還記得吧？」

果然，她又搬回小時候的住處了。

「為什麼妳會在這種不上不下的時間點轉學啊？」

「礙著你了嗎？」

「沒有，只是覺得很不可思議罷了。」

「有什麼關係嘛，這種事一點也不重要。」

一定有隱情——我這個推測不會錯。

「剛才茉菜邀我一起吃晚餐，請你代我向她致謝。不過我家已經準備好我今晚的飯菜了。」

「瞭解。歡迎妳隨時來玩，茉菜她一定會很高興的。」

「有什麼事嗎？」

事實上只限於茉菜在的時候我才歡迎啦。

「諒你果然……」

姬嶋微微歪著腦袋朝上仰望我，這個動作讓我的胸口悸動了一下。

我們明明同年紀，但她散發出的成熟魅力，卻像是一個大學女生故意換上高中制服一樣。

「果然……什麼？」

「呼呼，沒事。」

眼前這位明明是我很久以前就認識的女孩，但只不過是穿著陌生的制服並露出成熟的表情，就彷彿變成完全不認識的人。

跟徹底褪去鄉下土氣的她不同，她的老家是一間古色古香的獨棟房屋。老實說我也很久沒來這裡了，這棟房子以前有這麼舊嗎？

「非常感謝。」

姬嶋對我拋下這番話，連頭也不回就步入屋內了。

星期一。

正如先前的預告，姬嶋以轉學生的身分編入我們班了。

只見她跟在導師小若後頭走進教室，小若開始為大家簡單介紹。

「這位是姬嶋藍同學，從今天起轉進我們學校。嗯，大家等下隨便問她幾個問題吧，例如興趣或參加的社團之類。」

班上的男同學跟女同學們紛紛發出嘈雜的交談聲。

內容包括好可愛啦、那套制服是哪間學校的等等，眾人竊竊私語著。

看來姬嶋轉學是真的滿趕的，連制服都只能穿前一所學校的那套。

她在黑板寫下自己的名字，但似乎並不打算主動自我介紹，只說了句「請各位多多指教」並微微低下頭。

「好，大家鼓掌歡迎。」

在小若的催促下，全班以歡迎新同學的氣氛拍手迎接姬嶋的到來。

「啊，忘記幫她準備課桌椅了。」

小若低聲咕噥道。轉學生固定的座位，也就是靠窗那排最後一個，如今並沒有空位，這似乎是老師一時迷糊犯下的失誤。

「姬嶋同學，妳想必還沒適應本校吧，那麼兩位班長，請你們多照顧她囉——」

「好的。」

伏見回應道，我則隨口說了一聲「喔」。

「為了方便照應，座位就安排在高森的隔壁吧。」

我的座位一側是伏見，另一側則是某位男同學。老師究竟是指哪個隔壁啊。

「啊，我稍微挪個位置沒關係。」

男同學這麼表示，小若也順水推舟，拜託對方把座位空出來。

最後的處理方式是，那位男同學往後退一格，而我必須把另一套課桌椅搬過來。

姬嶋來到跟伏見相反一側的位置上就座。

「真是辛苦了啊，班長。」

她看也不看我這邊低聲說了一句，接著在眾人彷彿很稀奇的視線注視下，從書包取出筆記本塞入抽屜。

我也壓低音量答道。

「只是打雜的角色罷了。工作雖然多，但大半都是幕後的雜務，比起擔任某項活動的籌備委員可說是輕鬆多了。」

「是這樣嗎？」

這時我感覺到另外一頭傳來的視線。

「……」

我迅速朝那邊瞥了一眼，只見伏見露出彷彿被拋棄幼犬的表情望著這邊。

「怎麼了嗎……？」

「沒什麼事啦……」

確定？

我還來不及追問，小若老師就先對我們說。

「你們有空的話，就帶她熟悉一下校園的環境吧。不管是伏見或高森哪一位負責，或兩個人一起帶她也行。」

那麼就先這樣啦——小若逕自拿起點名簿走出教室。

「不必麻煩你們了，就算不帶我參觀也沒關係。除非有什麼稀奇的東西那就另當別論。」

「既然老師都吩咐了，那姑且還是得做吧。」

伏見以極為認真嚴謹的態度答道。

就像在把似乎還有話想說的姬嶋淹沒般，同學築起了一圈人牆。對於難得的美少女轉學生，不論男同學或女同學都感到興致滿滿，一眨眼姬嶋的座位就被包圍住了。

「伏見，帶她參觀的事，妳打算？」

「我們一起進行吧。」

雖說是要熟悉環境，但學校也沒什麼罕見的教室。頂多就是特別教室大樓和體育館，剩下就是食堂之類的吧。轉學生本人好像也覺得不必費心。

因為太吵了我便站起身，根據方才小若的指示，前去空教室搬來另一套課桌椅。

「高森同學，我幫你拿椅子。」

出聲的人是鳥越。

她是特地追趕出來的嗎？

「謝謝。那麼，麻煩妳囉。」

我把椅子交給對方，這時鳥越嘆了口氣。

「怎麼了？突然嘆氣。」

「啊，抱歉……該怎麼說，只是覺得轉來了一位很了不得的女生呢。」

「了不得的女生？」

「感覺她的氣質是那麼耀眼，渾身散發一股強烈的『正』能量……」

我可以理解鳥越想表達的意思。

以此為基準的話，那我就屬於完全的「負」能量了。我猜鳥越的氣質也比較接近我這種吧。

當我們正在搬課桌椅時，忽然看見伏見從對面小跑步過來。

「我也來幫忙吧。」

老師明明是拜託我，伏見跟鳥越都太好心了吧。

「Hina，那位姬嶋同學也是你們的青梅竹馬嗎？」

「與其說是青梅竹馬，不如說我們小學時有幾年玩在一塊……這稱不上是青梅竹馬吧？」

對不對？伏見彷彿為了小心起見，重複確認一遍。

「不算嗎？從幼稚園開始，直到她轉學為止，我們幾乎都在一起吧……嗯，當然伏見也是啦。倘若是這種情形應該可以算是『青梅竹馬』？」

「那麼您對此的回應呢，Hina？」

宛如在進行採訪般，鳥越引導伏見答覆這個問題。

「不，我認為那不算是青梅竹馬。」

伏見斬釘截鐵地說道。幹麼突然使用敬語啊。

「所謂的『青梅竹馬』，又不一定只有一個吧。」

鳥越這番合情合理的論調，令伏見頓時啞口無言。

「一個就夠了。」

伏見好像在鬧彆扭般嘟起嘴脣。

「那麼您的看法呢，高森同學？」

就算妳用這種記者的口吻把話題拋過來，也一樣會讓我很困擾喔。

「姬嶋，午休時間妳打算怎麼過？」

因為老師要求我照料她，我就趁上課開始前這麼試著問道。

「你想跟我一起喔？」

「我不是那個意思。」

「諒，你沒有可以一起吃午餐的對象吧？」

她露出促狹的笑容窺伺我的反應。

「基本上，算是有吧。我只是猜測姬嶋可能找不到人一起吃飯罷了。」

「呼嗯——？」

對她這種意味深長的笑容，我只能不解地歪著腦袋。

「我可以考慮一下陪你吃飯喔。」

為什麼變成她在施捨我啊。

不過看來好像已經有多組人馬想邀約姬嶋一起吃午飯了。

「我只是覺得，那樣比較方便帶妳參觀學校，所以才邀請妳罷了。」

呼呼呼——姬嶋彷彿被我逗樂般笑了起來。

「那我就姑且相信你的說詞吧。」

什麼叫姑且相信啊。

「小藍，小諒他只是以班長的身分問妳一下，這屬於他工作的一環。」

「所以說，上述是姬奈單方面的期望。」

「才不是——」

好像有什麼糾紛把我夾在中間引燃了。

「小諒他，其實很意外地具備認真的一面。他只是乖乖遵守小若老師的吩咐罷了。」

「我沒意見啊。是說，妳也不必突然那麼激動吧。」

伏見正氣呼呼地吊起眼角，對姬嶋射出威嚇的視線。

「姬奈，妳還是跟以前一樣喜歡當個『乖寶寶』呢。」

「妳那是什麼意思？」

「就是字面上的意思啊。」

現在回憶起來，當初我跟姬嶋偶爾會吵架，而我跟伏見吵架的紀錄也不是沒有。

然而，要說誰跟誰才是最常吵架的——

「小藍還不是一樣，裝出一副冷靜的表情，但其實跟以前一點都沒變。就是那種，一副以為自己什麼都懂的態度。」

「……」

姬嶋陷入沉默了。

取而代之地，我彷彿聽見了熊熊怒火爆發的聲響。

我想起來了，這兩位兒時玩伴，就是那種典型的越吵感情越好的一對。

沒錯，小時候她們之間就是這種氣氛。

當我陷入對往事的感慨時，在我左右兩邊的這兩人已經被徹底點燃了。

「參觀學校的任務基本上我還是會負責的。」

「抱持這種態度的人就算不帶我參觀也無妨。」

姬嶋竟然說這種話？

這時，伏見狠狠瞪了我一眼。

「小諒，她說我們不必帶她參觀也沒關係。」

好吧，反正我剛才問姬嶋時她也是這個意思。

「那就當作沒那回事吧。」

「慢著，誰說我不想參觀校園了。」

妳到底想怎樣啊。

「我覺得，諒擔任班長的工作很辛苦……看起來也好像很忙的樣子。」

姬嶋低聲地喃喃說道。

啊——因為我先前抱怨雜務很多，所以她為我著想才——

「沒錯，小諒他可是超忙的，沒有空管小藍的事。另外學校的課業也很繁重。」

唔哇——我完全忘了，今天放學後，可是姬奈老師再度降臨的日子啊。

「姬奈究竟是諒的什麼人，對他管東管西的。」

「我是青梅竹馬呀怎麼了嗎！」

「我也是啊。」

伏見幾乎要大聲咆哮起來，而姬嶋也滿是嚴峻之色地斜眼瞟著。

明明是久違的兒時好友，為什麼就不能好好相處呢……

由於老師已經進教室了，這回很難得是由我對全班喊口令。

以此為契機，兩位兒時玩伴間的小爭執也暫時畫上休止符。

會讓伏見氣成這樣的對象，現在想起來也就只有姬嶋而已，這回可是讓我重溫了小時候熟悉的場面啊。

進入午休時間，姬嶋加入了首先對她出聲邀約的一群女生團體當中。

她先是對我這邊投來好像很遺憾的一瞥，然後便若無其事地混在那群女同學中很自然地打開話匣子。

除了制服是前一所學校的以外，她的容貌也跟服裝一樣格外顯眼。因此在午休途中，不時有別班男生跑來偷看姬嶋，這並不值得訝異。

就算我跟伏見不特別照料她，她也能迅速融入班上吧。

趁我鬆了口氣的空檔，伏見也被別的同學邀約了，只見她被眾人半強迫地拉去了食堂。

「小諒，等下我再聯絡你——！」

儘管伏見努力揮手，但一下就被走廊的人群吞沒了。

那麼，既然暫時沒事了，我也來享受靜謐的午休時光吧。

我來到慣用的那間物理教室，已經先抵達的鳥越對走進門的我投以一瞥，目光隨即又滑落手邊的手機。

「姬嶋同學，非常受大家歡迎呢。」

「因為轉學生就像是什麼奇珍異獸一樣啊。」

當然她的美貌也加速了她受歡迎的結果。

我露出苦笑坐在平常的位置上。

打開茉菜為我準備的便當動手享用起來。

不只是今天的姬嶋，當初伏見剛升上中學跟高中時，所受的待遇大致也是如此。

「沒想到竟是那樣的女生。」

「怎麼了嗎？」

我這麼追問一句，但鳥越只是搖搖頭，說了句「沒事」。

「不過這麼一來，搞不好就變成三方大戰……」

從剛才鳥越就自顧自地碎碎唸。

「這麼一來就很吃戰略了……唔嗯……」

她坐在遠處的椅子上交叉雙臂，露出莫名苦惱的表情地唸唸有詞。

「喂，你以前喜歡哪一個？」

「嘎？」

「Hina跟姬嶋同學，都是你的青梅竹馬吧，你們小時候應該經常一起玩？」

「的確是那樣沒錯啦……」

我越是回想，越覺得鳥越的問題不是隨便亂問的。

「小孩子不是都很單純嗎？只要經常玩在一塊，就會很自然連結到喜歡對方這件事上頭。」

因為雙方經常玩在一塊，而且玩的時候又很開心，所以喜歡對方。

嗯，這是很常見的情況。

如果能跟小朋友一樣，用那麼簡單明瞭的基準判斷「喜歡」，那我現在或許就不必煩惱困擾了吧。

「所以我只是覺得，高森同學應該也不例外，以前你想必是喜歡那兩人的其中之一吧。」

「就算妳說得有理，但也不能保證我現在的想法還是跟小時候一樣啊。」

「是沒錯啦……但我周遭有個例外的人，所以才稍微向你確認一下。」

天底下有這麼專情的傢伙？

「你不打算帶姬嶋同學參觀學校了嗎？」

「應該吧，反正大家都搶著要認識她就算不帶她參觀也無——」

也無妨——正當我要把話說完時，物理教室的門「嘎啦」一聲被拉開了。

「終於找到了。竟敢把我拋下不管，自己一個人在這邊悠哉啊。」

話題的主角姬嶋雙手扠腰，似乎很不悅地皺起眉。

「什麼拋下妳不管……就算沒有我，其他人也會追著妳不放吧。」

「可是參觀校園，這不是班長的工作嗎？」

是說比起我，伏見達成任務的能力可是強多了啊。

我還在訝異為什麼她會知道我躲在這邊，隨即想起從我們班上的教室似乎可以望見我走進這裡。

畢竟這間物理教室，幾乎是在本班教室的正對面啊。

我把吃完的便當收好，在姬嶋的催促下走出物理教室。

「本校也沒什麼稀奇的地方喔？」

我把醜話說在前頭，接著便從特別教室大樓開始，依序至職員辦公室，以及從窗外稍微看過一遍的社辦大樓，為姬嶋一路介紹到學校的食堂。

「很普通嘛。」

「一開始不就說過了嗎？」

鶴立雞群的姬嶋，光是漫步在走廊上就能吸引眾人的目光。

我為她說明操場上的設施，最後把她帶到體育館。

體育館裡有幾個穿T恤跟制服長褲的男生，正在打籃球。

「這裡就是，毫無任何奇特之處的體育館。」

「完全沒出乎我的想像，就是很平凡的體育館嘛。」

「嗯，我們學校也是很平凡的高中啊。」

這所學校是普通的升學高中，頂多就是二年級的暑假結束時要被迫選擇文組或理組，基本上沒什麼特別之處。

「你還記得小學時，我們在體育館的器材室玩嗎？」

「器材室？」

雖然感覺那是小學生會溜去玩的場所，但我沒有印象跟姬嶋去過。

看我的反應遲鈍，姬嶋似乎覺得很無趣地嘆了口氣。

然後她漫無目的地晃進了器材室裡。

我也跟隨她的腳步，只見她在裡頭東張西望，最後好像找到了什麼。

「啊，就是這個。」

姬嶋的目標是跳高用的緩衝墊。她一屁股坐在上頭，大概是體重太輕了吧，軟墊只發出微弱的空氣擠壓聲。

「對於我們的往事，你真的完全不記得了嗎？」

「也不是完全沒印象啦。」

由於她「砰砰」地敲了敲自己的旁邊，我只好把臀部微微靠在軟墊上。

從器材室外，清楚傳來了男生們的喧鬧與籃球拍打聲。

「我可是，記得很清楚。」

「是嗎？」

「畢竟直到轉學以前，我都過得很開心。」

不必顧慮任何事、天真無邪玩耍的小學生。

如果換成現在，光是邀約女生出去玩門檻就高了許多。這麼做究竟是不是代表喜歡對方——往往會陷入類似這種心理戰的糾葛當中。

「妳跟伏見還是好好相處吧。」

「為什麼？啊，我所謂的為什麼，是指你為什麼要刻意提這件事啦。」

「左右鄰居在吵架，我這個夾在中間的人也太累了。」

啊哈哈——姬嶋聽完後笑了。

「我想我跟姬奈一輩子都會那樣吧。」

「是沒錯啦，但還是希望妳們能成熟一點。」

現在可不是小學生了。

「就我印象所及，我一直都是這樣子，姬奈也向來維持姬奈的作風。因此我們最後，一定總是會陷入那樣的爭執，不過……」

我的制服領帶突然被她扯了過去。

這讓我瞬間湊近姬嶋的臉龐，胸口也頓時產生悸動，但她很快又把我輕輕撞開，使雙方的臉恢復一定的距離。

這突然的舉動讓我的身心都跟不上，我直接向後仰倒在軟墊上，姬嶋的雙手則分別撐在我的兩耳外側。

「你有什麼話要說嗎？」

她以挑釁的眼神和口吻，彷彿在引誘我般牢牢盯著我。

「妳幹麼突然這樣？」

「難道你什麼都沒想起來嗎？」

想起來？

質問我的姬嶋，好像忍俊不禁般噗嗤一聲綻放出笑容。

「給諒一個忠告，別以為我現在還喜歡你喔，天底下可沒這種好事。」

還喜歡我……

「所以妳是指，小學的時候妳曾經喜歡過我？」

她一臉嚴肅地陷入沉默，或許是察覺失言了吧，只見姬嶋的臉開始變得漲紅。

「別挖我以前的糗事好嗎……反、反正我小時候都跟你提過好多次了……真是的，你這傢伙，竟然什麼都不記得了。」

啪啪啪——姬嶋敲打我的胸口。

「啊……我經常被人抱怨這點，真抱歉。」

「反正都是過去的事了我才不在乎呢。」

姬嶋的語速突然變得很急促。

本來想進來放球的男生，似乎察覺到裡頭的氣氛而沒有入內，只是讓籃球在地上輕輕滾過來。意思就是等下要我幫忙收吧。

「姬嶋，差不多該回去了。」

「你已經跟別人接過吻了嗎？」

「咦？」

伏見的臉孔在我腦中一閃而過，同時我也狐疑姬嶋為什麼要問這個。

「……不，沒事。請忘了吧。」

② 密談

「小諒，小諒？」

放學後，當我正在圖書室用功時，坐在對面的伏見冷不防把頭湊過來。

「咦？啊啊，嗯，什麼？」

「你從剛才就在發呆，出了什麼事嗎？」

「唔嗯，沒事啊。」

既然這樣就專心一點呀——姬奈老師重新回到剛才那個問題的講解。

位於入口附近的櫃檯後方，有擔任圖書股長的鳥越在輪值，她正閱讀一本厚重的精裝書。

在體育館的器材室，姬嶋，為什麼要對我……

「姬嶋她，以前是那樣的人嗎？」

「我覺得是耶？我心中的小藍一直都是那種感覺。雖說很久沒見了，但總覺得她一點都沒變。」

「我倒是認為她變成熟了。」

「那當然囉，還是要符合高中生的年紀吧？」

說到這，伏見目不轉睛地盯著我，先是刻意撥撥頭髮，然後又用雙臂輕輕環抱自己。

「怎麼了？感覺妳好像有點坐立難安。」

「我也變成熟了呀。」

因為我們幾乎是每天見面，這種細微的變化實在很難察覺出來。

如果像姬嶋那樣隔了許多年才碰到，我一定也會驚訝於伏見的改變吧。

伏見斜眼對我投來憂鬱的一瞥，接著又用纖細的指尖輕撫自己光澤豔麗的嘴唇。

這樣的舉動想必是演技吧。

但我有種一瞬間被她吸引過去的感覺。

「是很成熟啦，但跟姬嶋還是有一點差異耶。」

「哪裡不一樣了嘛——」

姬嶋應該更……

是啊，沒錯。

我終於搞懂她跟伏見的差別在哪裡了。

姬嶋的身材比較前凸後翹。

「小諒。」

伏見對我翻起白眼，就像在斥責惡作劇的小狗般呼喊我的名字。

「你露出了正在思考下流念頭的眼神。」

「我才沒有哩。妳說下流的念頭——好比什麼？」

「下、下流的念頭就是下流的念頭呀！除此之外沒有別的！」

滿臉通紅的伏見企圖強行結束這個話題。

由於伏見的說話聲太高亢了，鳥越先是望了我們這邊一眼，然後才無奈地把視線放回書本上。

「Hina，請保持肅靜喔。」

「抱歉啦，都是小諒說了奇怪的話。」

「嗯，我也聽到了。」

「我可沒說什麼奇怪的話喔？」

我試著向鳥越確認道。

「或許你並沒有說那種話，但只要看 Hina 窘迫的樣子就可以明瞭情況了。」

圖書室的訪客即便加上我們也沒超過一隻手的手指數量，因此除非附耳說悄悄話，否則幾乎所有的對話都會顯得格外刺耳。

咳咳——伏見清了清喉嚨，對我下達寫習題的指示。

我抓著自動筆，正打算從第一題開始著手，但這時我又壓低音量表示。

「喂，伏見。」

配合我的說話方式，伏見也輕聲細語回應。

「嗯？一開始就不會寫了嗎？」

「不，我不是要說那個。」

我回想姬嶋在體育館器材室最後質問我的內容。

自從跟伏見發生了那件事之後，我好像一直沒跟她正式討論過這個問題。

「我們去山上烤肉，後來不是放煙火嗎？關於那時候發生的事。」

「啊，耶，你要在這裡討論唷？」

伏見頓時陷入慌亂，她嘴裡唸著「呃呃，先等一下」，並把習題攤開來擋在自己的臉旁邊。

我也把臉湊到習題後面，這樣比起壓低音量，談話的內容更難傳到別處。

順便把伏見帶來的另一本習題也舉起來，擋在臉前面。

「……」

兩人的臉靠得比想像中更近。

伏見的雙頰微微染上紅暈，終於忍不住把視線撇開。

「好、好丟臉啊，這樣子。」

「是、是啊。」

最後還是決定用一般的方式說悄悄話了。

「那個，我只是想確認一下，所謂接吻……就算不交往也可以做吧？」

「咦？」

伏見愣然地瞪大雙眼。

「……只、只要不犯法，應該就沒問題吧。」

「是喔。沒問題嗎？我明白了。」

「小諒的貞操觀念，還停留在江戶時代嗎……」

該怎麼說，我以前一直覺得要到達了某個階段才能接吻，這是我向來的觀念。

然而，以伏見的價值觀那樣是沒問題的……

「那、那個……我覺得接吻……也算是愛情的一種表現吧。」

伏見羞答答地快速翻動著習題的頁面。

「不、不過，我也覺得那天有點太衝動了……如果能等氣氛到位的時候再做就更理想了。」

當她翻到最後一頁，這回又像是要往回翻一樣，手指再度迅速動了起來。

唰、唰、唰。

跟翻動頁面的速度成正比，伏見的眼珠子也像漫畫人物般滴溜溜劇烈旋轉起來。

「用腦過度了，好熱。感覺有點噁心想吐……」

她因為腦袋運轉負荷太大而過熱了。

「妳沒事吧？」

沒事沒事──伏見這麼表示，並拿出自己的手帕蓋在臉上。

「那天幾乎算是我強迫你的，我一直覺得自己該道個歉──」

「沒關係啦，道什麼歉。」

別在意這種事──我接著安慰道。但我突然驚覺自己對那天的接吻抱持了完全負面的看法。

出於被偷襲的驚嚇，以及接吻所帶來的震撼，當時我幾乎整個人都僵住了。

這種反應，要是跟其他人說鐵定會淪為笑柄吧。

伏見把手帕收起來後垂落視線。

「其實，我並沒有像小諒所以為的那麼乖唷？」

「但妳也不是什麼壞人吧。」

「不不，其實我很狡猾的。」

……狡猾？

伏見的視線從我身上挪開。她目光的焦點落在了鳥越那邊，但她很快又把注意力轉回這裡。

「不過，我可沒要求小諒忘記那天發生的事唷。」
伏見彷彿在宣言般繼續說道。
「喂，小諒，你有很想接吻的時候嗎？」
「幹麼啊，突然問這個。」
「說實話，我有唷。」
伏見目不轉睛地直直凝視我這邊，她已經害羞到連耳垂都發紅的程度了。
對方秀髮發出的甘美香氣若有似無地飄到了我的鼻尖。
在真的接吻之前，我的確想像過接吻是什麼樣的感覺。
但即便已經接吻過了，才知道也只是一瞬間的事而已。不過，接吻的觸感我仍然印象深刻。
好不容易才按捺住企圖飄向她雙唇的視線。
伏見似乎是難以忍耐這雙方都默默無言的片刻，直接雙手掩面趴到了桌上。
「沒、沒事，忘了剛才那些話吧。」
她邊說邊在桌底下劇烈晃動雙腳。
「請不要在圖書室打情罵俏。」
這時圖書股長發出冰冷的聲音提醒我們。
「我才沒有。」

我立刻否定道，伏見則發出「欸嘿嘿」的羞赧笑聲。

「惹別人生氣了呢。」

對反應如此悠哉的伏見，我只能嘆息以對。

3 青梅竹馬三人行

◆高森茉菜◆

來到常造訪的這間超市，對貼在店門口的廣告迅速瀏覽一眼。

「呼嗯，今天是冷凍食品特價呀——」

茉菜取出手機，打開社群網站程式，她並沒有閱讀網紅的貼文，也沒檢視自己的貼文有幾個按讚，而是直接在搜尋欄輸入附近超市的名稱並開始搜索。

隨後跑出了關於該超市的網友貼文。

對那間正猶豫是否該跑一趟的別處超市，茉菜確定今天沒什麼特別優惠的商品。

接著茉菜抓起購物籃走進店內，在生鮮食品的販賣區恰好撞見了姬奈。

「姬奈姊姊——」

「啊，是茉菜呀，哈囉——」

「嗨——妳在做什麼呀——？」

「只是出來跑一下腿。」

姬奈羞赧的笑容是那麼耀眼。茉菜明年也會升上同一所高中——想是這麼想，但因為自己的成績更好，茉菜想起前陣子導師建議她要不要提高志願的事。

「妳沒有跟葛格在一起嗎？」

「是啊，我剛剛才跟小諒道別的。」

所以現在葛格應該是在家囉。他想必是隨手在杯子裡倒了果汁什麼的就躲進自己的房間吧。

兩人聊著無關緊要的話題，彼此將需要採購的物品放入購物籃。母親交付的買菜錢，應該還滿充裕的，所以茉菜又追加了一包葛格應該會喜歡的零食。

從姬奈那聽說了，小學上到一半就轉學離開的另一位青梅竹馬——姬嶋藍，已經轉回葛格他們所就讀的高中了。

「那三人不是又在一塊了嗎？」

「是這樣沒錯啦——」

跟預期相反，姬奈的反應不是很正面。

「姬奈姊姊，難道妳進入警戒模式了？擔心葛格可能會被搶走之類的。」

「唔……才、才沒有。」

簡直是一目了然。

這也是這位青梅竹馬的優點吧。

「就是說嘛～」

茉菜沒有深入追究，只是以貼心的態度略過這個話題。

「姬奈姊姊，妳認為葛格哪一點好呀？」

「咦？」

「我只是覺得會變成這樣很不可思議而已。」

「那個，呃，事情不是妳所想像的那樣啦。」

一下慌張一下害臊，姬奈姊姊還真忙呢。

「有什麼關係——有什麼關係嘛，事到如今也不必隱瞞了。」

茉菜輕戳了姬奈幾下，她這才終於放棄掙扎。

「因為小諒他，能讓我感到安心。」

「我懂。」

嗯嗯——茉菜也用力點著頭。

「就是因為這點正中紅心所以才喜歡葛格嗎？」

他並非運動健將，學業成績也不優異。

對中學、高中生來說，類似上述「簡單易懂」的優點是最有魅力的，而最明顯的例子莫過長相了。以考試譬喻的話，外表所占的配分可是相當高。

但姬奈卻選擇了安全感這種行家才看重的一面，不得不說她的喜好還真是滿性格的。

「畢竟小諒他，感覺對什麼都提不起興趣，或許該說這就是他最大的優點吧。」

「這算優點喔？」

茉菜忍不住呼呼笑出聲。

「對我而言啦。」

姬奈嫣然一笑的表情，充滿了「簡單易懂」的魅力，即便同為女生的茉菜也不禁怦然心動。

「差不多從小學起，大家一遇到什麼事就會跑來我這邊，或是找我閒聊，不管是在學校或私生活的領域都不肯輕易放過我。」

茉菜回想剛升上中學的那陣子，一開學，不要說自己那班，整個一年級的男生女生都在討論三年級有位驚人的美少女學姊。

「就葛格的立場，只會覺得其他人在大驚小怪什麼吧。」

「小諒他，從以前到現在態度都沒變。說真的，不論我變得如何，或是班上的人怎麼用不同的眼光看待我，我是否受其他人歡迎，小諒永遠都是以一開始那種模樣面對我。」

這種安全感對姬奈來說似乎是獨一無二的存在。

「因為他本人老是在發呆，也不會主動來煩我，這樣反而會讓我很想去找他了。」

姬奈不知想起了什麼，發出了咯咯的笑聲。

「全世界的男生聽了這種臺詞應該都會喜極而泣吧。」

讓人想主動找他——該怎麼說，總覺得葛格聽了這種話，只會露出打心底感到不耐煩的表情吧。

兩人分別結帳後，茉菜將商品一一裝入環保購物袋。

「茉菜，妳真了不起……」

「怎麼了？」

「妳的袋子……」

「唔——反正超市提供的塑膠袋也是多餘的嘛？我又不需要，為了環保還是用這種袋子比較好。」

喔喔喔——在一旁停下手邊動作的姬奈一副很感佩的模樣。

「明明是個辣妹。」

「現在才發現——？」

咿嘻嘻——茉菜笑道，並把環保袋掛在肩上走出超市。兩人回家的方向相同所以半路上走在一塊，結果途中卻撞見了另一位青梅竹馬。

「啊——小藍姊姊！隔了一天沒見了！」

「的確是昨天才見過面啊。」

茉菜揮手朝藍的方向走過去。對方跟姬奈是不同類型的美少女，雖然才一天沒見，但茉菜仍然忍不住仔細打量她。

「怎麼了嗎？」

「沒有。小藍姊姊，妳在許多方面都變成熟了呢。」

妳在胡說什麼啊——藍笑道。

「茉菜還不是一樣。」

跟清純樸素的姬奈不同，藍隱約散發著一股華麗的氣息。以花來比喻的話，就是向日葵跟玫瑰的差異吧。

「小藍，聽說小諒已經帶妳參觀過學校了。」

「是啊。本來也想找姬奈，但妳好像很忙的樣子。」

唔咕——姬奈似乎突然想到了什麼，頓時陷入沉默。

「身旁跟班太多也很辛苦吧？」

「我平常不是那樣的，偶爾也會跟小諒他們一起度過午休。」

「因為看諒好像很閒的樣子我才麻煩他。」

「這樣啊。」

對這個不包含其他深意的答案，姬奈很明顯露出一副鬆了口氣的模樣。

三人走在一起，茉菜憶起了某件往事，又噗嗤笑了出來。

「以前曾為了誰將來要跟葛格結婚，還害大家大吵一架呢。」

姬奈首先產生反應，整個人震了一下。

「我想，那差不多是發生在我們小學二年級的時候吧。」

相對之下，藍的回答倒是相當冷靜。

「嗯，我記得那時候我還在大班，所以時間應該沒錯。」

「我印象中，以最後的結果來說，姬奈發出鬼哭狼嚎般的叫聲，我簡直是一點辦法都沒有。」

「啊哈哈，對對就是那樣。」

「才、才不是那樣哩。都是因為小藍突然說什麼『諒已經表示他喜歡我！』我才會一時情緒激動。」

「我不記得這件事。」

「太詐了──對自己這種丟臉的事就刻意淡忘！這算什麼雙標的記憶力。」

「姬奈還不是一樣，總覺得一哭天下無難事吧？」

開始了，又開始了，茉菜就像是在觀賞老掉牙的劇情般瞇起眼睛。

「這種感覺，真叫人懷念耶～不過，最後只要讓葛格跟我結婚大家就不用吵了，事情才有個完美的收場。」

「「絕對沒那回事。」」

被抓包了嗎？

茉菜把頭撇開吐了吐舌頭。

平常大家都像這樣不至於出現太嚴重的爭執，但每次引發摩擦大抵上原因都是出於葛格。

「之後來舉辦小藍姊姊的歡迎會吧。」

「這點子不賴耶。」

儘管有紛爭，但其實心底並沒有惡意，因此姬奈才會爽快附和茉菜。

「不、不必了啦，勞師動眾。這種事只是多此一舉……還會增添大家的麻煩……」

「別害羞嘛。」

「就是說～」

「妳、妳們很煩耶，我最不擅長面對這種事了。」

藍為了掩飾害羞而低聲說道，接著又把臉別開。

茉菜與姬奈見狀，不禁相視而笑。

大家都跟小時候一樣沒變，這點才是最叫人欣喜的事。

④分組與慢了一步的男同學

就連在下課時間，姬嶋的人氣也未見衰退。我只是起身去一下廁所，座位也經常會被班上的同學占據。

「真是辛苦你啦，小諒。」

「從伏見坐在我隔壁開始，本來就是這種狀態了。」

「耶～有這種事嗎？」

看來伏見對自己的事好像毫無自覺。

「那個，姬嶋同學呀，昨天——」

「妳去了體育館的器材室吧？」

「什麼，男方是誰？」

類似這樣的對話，從今天一早就不時冒出來。

據說我整個人被推倒的樣子讓那些打籃球的男生目擊到了……

姬嶋本身突出的容貌自不必說，就連制服也是其他學校的所以格外顯眼。

剛轉來本校第一天的轉學生，就在體育館器材室推倒男同學——這種煽情的話題，對過慣平凡日常生活的我們而言，簡直是過於刺激了。

大概是偷聽到這些對話了吧，伏見悄悄對我問道。

「小藍她，昨天怎麼了嗎？」

我可不能把真相告訴她。幸好眾人無法確定被推倒的男生身分是我，只要裝作一無所知就能混過去了吧。

「我也不太清楚耶。」

我試著擺出渾然不知的表情。

「什麼叫你不太清楚啊。」

被人牆圍繞的姬嶋，聽到我的發言後出聲回應。

難道姬嶋長了順風耳。

「我說得沒錯吧，諒。」

「……」

我背後感覺到類似長槍突刺的視線。

我默默回過頭，果然，伏見換上了一副極度不悅的面具。

「什麼，你們兩個有祕密嗎？」

「也不算祕密吧……又不是什麼大不了的事。」

「我說諒啊，你竟然覺得那不是什麼大不了的事，你是什麼時候變得如此受異性歡迎了。」

姬嶋微微一笑，依然保持無懈可擊的表情。

這下子難搞了……

「把人家排除在外，真寂寞呀。」

伏見露出一副沮喪的模樣。

「都是妳害伏見變成這樣的。」

「跟我有什麼關係？是說諒總是站在姬奈的那邊啊。」

這傢伙，既然敢這麼說我也不客氣了……

圍繞在姬嶋四周的男女同學，都屏氣凝神觀望我們的互動。

「妳跟伏見同學還有班長大大的感情很好耶，姬嶋同學。」

「直到小學讀到一半我轉學為止，我都跟他們玩在一塊。」

姬嶋進一步說明，大家這才理解。

昨天我還覺得姬嶋有點陌生，但今天已經可以像小時候那樣跟她正常對話了，我猜伏見應該也是這樣吧。

導師小若這時抵達教室，圍繞在姬嶋身邊的同學們才鳥獸散返回座位，或是跑回自己的班上。

今天最後一堂課是導師時間。

本來以為是要討論校慶獨立製片的事，但主題卻是之前鳥越提過的那個。

「你們好像已經決定校慶要自己拍電影了吧。老師認為，既然木已成舟，細節在校外教學的遊覽車上討論就行。」

哇哈哈——小若發出大笑。

喂喂喂，在愉快的校外教學途中（應該吧），老師竟然想讓我們討論那個。

「反正其他班都還沒想好節目，我們班算是很優秀了。老師也覺得頗為自豪喔？」

小若老師的視線，投向了我跟伏見這邊，我總覺得不太自在。

「姬嶋同學，本班在秋天的校慶上要播映大家合力拍攝的電影，雖然妳不見得會喜歡這個主意，但還是請妳幫忙喔。」

「是的，我知道了。」

姬嶋毫不遲疑地回答道。

因為伏見有在上戲劇課，再加上容貌出眾之故，電影主角已經確定是伏見了，但假使之前姬嶋也在場的話，主角的人選可能會更有爭議吧。

我把塞在課桌抽屜深處、那張已經變得皺巴巴的說明挖出來。

這是上次伏見為了簡報而印製的，內容是電影拍攝的步驟。

「耶。」

姬嶋看著我手邊那玩意好像很佩服地說道。

「沒想到姬奈還滿認真的嘛。」

「是啊。這可不是像小朋友那樣為了好玩而隨便亂做的，感覺是很正式的一份拍攝計畫哩。」

「那不是很好嗎？」

出乎意料地，姬嶋的反應還頗為正面。

由於她也很感興趣的模樣，我就把那張皺皺的說明送給她了。反正之後我有不懂的地方可以直接問伏見。

姬嶋對伏見親手製作的簡報資料仔細瀏覽。

「這個，應該是姬奈自己寫的吧？」

「猜對了，妳還滿懂她的嘛。」

「只是覺得，她的筆跡都沒什麼變。對了，還有其他資料嗎？」

對於好像有點無奈的姬嶋，我只是淡漠地回了一聲「沒有」。

當我們在交頭接耳時，老師已經開始發下校外教學的簡介了。

由坐在前面的同學接過一疊，再傳給後頭的人。

一拿到我就立刻確認地點跟時程，三天兩夜的校外教學內容幾乎就跟普通的觀光旅遊一樣。

「真叫人期待呢，小諒。」

在教室的騷動聲中，小若老師拍了兩下手。

「好啦好啦，先安靜一下。正如大家看到的簡介時程，有分組行動的時間，所以各位必須先分好組。我想每一組大概就是五、六個人吧。等決定好成員，再選出組長，由組長協調製作該組的行動計畫表——」

五、六個人……

老師所下達的自行分組指示，如果是以前我一定會感到很不快，然而這次幸好有鳥越邀請我，我們這組也已經先確定我、鳥越、伏見三個成員了……這麼說應該沒錯吧？

我對坐在後頭的靜默美人鳥越迅速瞥了一眼，只見她的表情有些緊繃。

雖然她已經事先對我們出聲邀請了，但最後是否能順利成組，或許她還是有點擔心吧。

那麼大家開始分組吧——在小若的一聲號令下，班上同學紛紛從座位起身去找想要的成員。

「嘿唷。」

伏見把她的課桌靠過來，鳥越也挪到我前面那個變空的座位上。

我們彼此對看一眼，不約而同「嗯」地點點頭。

「小藍也加入我們，好不好？」

很意外地，班上其他同學竟然都沒去邀請姬嶋。儘管對「轉學生」很感興趣，但是否交情好到願意同一組，那可能又是另一回事了。

「這樣好嗎？我以為最討厭這種結果的應該是姬奈。」

「不不，才沒那回事。」

伏見以爽朗的笑容回道。

「姬嶋同學，加入我們吧。」

發起人鳥越都這麼說了，於是我也附和。

「姬嶋，來吧。如果妳猶豫不決恐怕就要被編入老師們那組囉。」

「所以，你們各位都喜歡我囉……」

姬嶋為了掩飾害羞喃喃地咕噥道，還好像很不好意思地用指尖捲著自己的頭髮。

「我很喜歡小藍呀。」

「妳不用說出來沒關係。」

「那小藍，妳喜歡我嗎？」

「我、我討厭妳。」

明明聽到這樣的回答，伏見卻露出不懷好意的笑容。

看來，伏見完全掌握了把姬嶋玩弄於股掌之上的方法。

「那麼鳥越呢？妳對姬嶋的看法。」

「咦？我還不是很熟，不過，滿感興趣的。」

這種回答很有鳥越的風格。

我環顧四周，幾乎所有組都快成形了。當中有男女混合的貪玩現充組，也有因社團活動而結合的純女生跟純男生組。

「本來以為會有其他男生想加入我們的，沒想到一個都沒有。」

「就算有好了，也可以確定那種人一定是另有居心，總覺得有點討厭呢。」

伏見說了句很有道理的話。

「明知會被提高戒心還努力想跟我們混熟的人，真不知該說是超強的勇者還是大笨蛋了。」

關於這點姬嶋的看法好像也一樣。

不過，我們目前只有四個人，必須再找一或兩個……

當我正在尋找還有誰適合時，發現一位在分組中慢了一步的男同學。

「糟糕……大家幾乎都找好組了。」

那個男生軟弱地搔著頭。他臉上有某種壓痕，剛才八成是在睡覺吧。

原來這傢伙，就是之前校慶籌備會上發表正面看法，我覺得應該能跟我變成好朋友的那個人。

「喂，我們邀請那個男生，大家覺得如何？」

「好呀，請隨意吧。」

伏見這麼說道，鳥越跟姬嶋也點頭答應了。

……唔哇，我突然緊張起來。

「……出口同學。」

鳥越悄悄將那傢伙的名字告訴我。

Thank you，鳥越。

「出……出、出口同學，你要加入我們嗎？如果你願意的話啦。」

「耶，真的假的？等等——全都是美少女啊。像我這種水蚤真的有資格加入嗎？」

儘管嘴上這麼說，但出口同學還是走了過來。記得應該是隸屬回家社的他，有一雙極具特徵的細長眼睛，長得就像狐狸一樣。

出口同學面朝椅背，反過來坐在伏見前方那張椅子上。

「既然都被高森同學看上了，我也沒有拒絕的理由。總而言之，請大家多多指教囉。」

大家分別對他打招呼的時候，我試著站在他的立場思索。

「是說你們救了我一命啊。如果照剛才那樣下去，我鐵定只能臭著一張臉被迫加入成員很微妙的小組裡了。」

那樣一定難受死了——出口同學打心底感謝我剛才的邀約。

果然沒錯，我應該可以跟這位出口同學變成好朋友。雖說這只是出於一種直覺。

一張被老師稱為行動計畫表還是什麼的玩意分配到各組手中，伏見代表大家在上頭寫了起來。

雖然各組都必須逛過學校方面事先決定好的多處寺廟和設施，但路程、順序，以及停留的時間分配倒是可以由各組自行決定。

「我們先去這個地方——」

姬嶋、鳥越，還有伏見，都專心盯著計畫表上的地圖。

由於女生們幾乎是腦袋頂在一起開會，我跟出口同學就不方便湊過去了。

本來想用手機查地圖，不過基本上上課時是禁止使用手機的，所以我也無法光明正大拿出來。

雙眼瞇成一條線的出口同學，遠眺著正在熱烈討論的那三人。

「像這種時候，男人還真是不中用啊。」

「嗯、嗯啊……」

我有點猶豫，不知該以什麼樣的立場跟他對話。

雖說只要照普通的方式說話就行了，但我的「普通」定義又是什麼。

「反正也沒有特別想去的地點，就覺得隨便了。」

出口同學說完後自顧自乾笑起來。

「你去年是在哪一組？」

我想到這個問題便隨口問道，結果對方立刻回答是A組。

「是喔。」

然而那組也沒有我熟的人，話題一瞬間就結束了。

事到如今才承認好像怪怪的，不過老實說，我恐怕很不擅長跟別人聊天——

忽然往我這邊窺伺的鳥越，視線依序在我跟出口同學身上來回掃過一遍，接著才返回女生們那邊。

「高森同學的樣子，有點怪怪的。」

「小諒他怎麼了？」

「諒本來就很怪吧？」

喂，姬嶋，別以為我沒聽到喔。

「他主動跟出口同學說話。」

「對班上任何事都不感興趣的小諒竟然——!?」

伏見也猛然回頭看我。

就像目睹了自己親生的孩子第一次站起來走路般，伏見的視線充滿了期待與包容。

別露出這種守候小朋友成長的眼神好嗎？拜託。

「高森同學，去年我好像就看過你吧？就是一年級校慶的時候，你們班不是開咖啡廳嗎？」

「咦？為什麼你會知道？」

「我本來是為了看伏見同學才跑去的，卻發現咖啡廳裡面有個很認真工作的男生，就是因為這樣我才對你有印象。」

出口同學沒說錯，他的記憶力還真好。

正如他所言，在去年那屆我不是很認真參加的校慶活動中，我在班上的安排下乖乖輪值了咖啡廳的服務生工作。結果到了交班的時間同學也沒回來，我只好代替對方繼續做下去。

一聽完我的說明，出口同學便搖晃著肩膀高聲大笑。

「要是我一定會蹺班的。」

「我本來也打算蹺班啊，但有個很嚴格的女生盯著。」

我迅速瞥了那個女生一眼。

「這、這裡！我記得就在這附近！有間賣各種塔超有名的店！」

伏見正在拚命推薦那間糕餅店。

去年校慶，我跟伏見依舊像中學時代那樣保持一定的距離。

而她的個性也一如往常地嚴謹，不但拒絕了朋友們的邀約，同學蹺班所造成的人力空缺她也一併頂下了。

「反正我就算蹺班也沒事可做，就當作是留下來打發時間吧。」

我露出尷尬的笑容答道。

「如果是那樣的話，高森你……對了我們還是省略稱謂吧。」

「那，我以後也叫你出口吧。」

像這種事，有必要經過口頭確認嗎？

過去我改變朋友之間的稱呼方式時，到底有沒有特地確認啊。因為已經太久沒遇到這種事了，我已經搞不懂什麼方式才顯得比較自然。

「妳們聽到了嗎？高森同學跟出口同學的距離拉近了。」

「剛才，他們改變稱呼方式了呢。」

「這種事很稀奇嗎？」

「很稀奇。」

喂，不要一邊觀察我一邊互相回報好嗎？那樣未免太丟臉了。

「啊，對了，小諒，我想去賣塔的那間店，好嗎？當然也要問出口同學的意見。」

兩個男生隨口允諾後，伏見馬上又返回開到一半的校外教學行程會議。

「你剛才說你去年是為了看伏見才來的，所以——」

「是啊，畢竟這個賣咖啡的攤位可是有全校第一的美少女，就算不是校慶我也會去一探究竟的。男生不都是這樣嗎？」

然而令出口失望的是，去年開設的咖啡廳並沒有穿任何角色扮演的服裝，只是繫上圍裙，戴上口罩，頭上包裹三角頭巾，一副料理實習課的裝扮。

「而且因為戴了口罩，真要說起來我還認不出哪個才是伏見同學咧。」

「啊啊，果然是這樣？」

「你們還不如乾脆一點，就讓大家角色扮演算了，這樣就算入場要收門票也會大排長龍的。」

如果伏見是女服務生也就罷了，但結果她是在後場負責準備飲料，像出口那樣敗興而歸的客人想必很多吧。

因為三個女生就在隔壁熱情討論，出口刻意壓低音量說道。

「……高森，以青梅竹馬而言，你跟伏見同學的感情會不會太好了一點啊？」

「我們的交情是不壞啦，但要說很好嘛……」

我突然想到一個問題，與青梅竹馬間的適當距離，究竟該怎麼斟酌。

一起上下學，一起擔任班長為對方分憂解勞，偶爾還會到對方家去玩。

總覺得這跟我認知中的「朋友」並沒有太大的差別。

由於我還沒確定該怎麼看待那天的接吻，所以也不清楚自己跟伏見之間的關係究竟算什麼。雖說伏見之前曾向我表達歉意就是了。

「其實你們該不會在交往吧？」

這出人意料的質疑，害我激烈咳嗽起來。

「你怎麼會突然想到那邊去啊。」

「因為你們看起來，也不能否認有點像情侶啊。就我所知的其他青梅竹馬，才不會像你們感情這麼好，孤男寡女的這種關係總是會啟人疑竇吧。」

真抱歉啊——出口又補上一句。

「思春期的男女只要待在同一個屋簷下過著校園生活，腦袋總會難免都被戀愛所占據，還真是不可思議啊。」

不過是交情比較好罷了，就會被謠傳某某喜歡某某——

因為很容易被人這麼看待，所謂的校園生活，的確是一種很不可思議的環境。

「我姑且確認一下，你該不會是喜歡男的吧？」

出口問問題的表情很認真，讓人不禁啞然失笑。

「最好是啦。」

我當然予以否定。

「喂，他們在討論戀愛的八卦耶。」

「好像是唷，感覺還滿認真的。」

「就讓他們去討論啊，反正這個年紀的人誰不是這樣，諒也不例外吧。」

為什麼那三個女生對我跟出口的對話這麼感興趣啊。

行動計畫表不知不覺填好了，伏見重新為大家說明一遍。

由於眾人都沒有異議，這張表就直接交給小若老師，完成任務的小組成員也可以放學離開。

回家路上，伏見態度從容地對我問道。

「如果出口同學對小諒說，他喜歡我的話，小諒會怎麼做？」

「我嗎？」

難不成剛才伏見一直在豎耳傾聽我們的對話？我的確問過出口類似的問題。

出口如果喜歡伏見……

我在腦中反覆推敲一遍，試著想像那種情形。

「我會覺得那傢伙很愛湊熱鬧吧。」

「耶——就只有這樣——？」

嗯唔——伏見好像很不滿地生起悶氣。

「就算是好朋友，如果喜歡上同一個人還是會很困擾吧？因此，事先確認會不會遇到這種麻煩的情況也是很正常的舉動吧。」

也就是說，以出口的角度看，我便是可能會造成那種「麻煩情況」的人選囉。

「假使被周遭人誤會我喜歡伏見的話，那其他男生都要把我視為勁敵了……」

「事實上，小諒之前已經像這樣擊敗各式各樣的競爭對手了。」

「我怎麼不記得自己做過那種事？」

「毫無自覺，並說著『我又幹了什麼好事嗎？』，小諒就是這種類型吧。」

「胡說八道什麼啊。」

咦——你竟然聽不懂？伏見笑道，接著她便開心地對我解釋那句臺詞的典故。

5 建言與最後的機會

「搞不好，我已經交到了朋友也說不定。」

對著手上的手機，我把今天最要緊的事告知對方。

『……這種事幹麼要特地打來對我說啊？』

話筒另一端的篠原，表現出一副好像很不爽的反應。其實現在的時間也不算多晚啊。

該不會是，我一直向她借少女漫畫沒還的緣故？

「那套漫畫，茉菜才看到一半，所以請妳再借我一陣子。」

『你這根本不是在回答我的問題吧。』

唉——篠原為此嘆了口氣。

『你能跟班上的男生建立友誼真是太好了呢。』

「跟其他男生好好交個朋友，我猜這恐怕是我最後的機會了。」

『你為何變得如此慎重了？』

因為我一直沒有半個同性的好朋友啊。

「篠原之前不是也說過嗎?就是去烤肉那次——『我也想跟能成為朋友的人好好相處,我並不想被人討厭』什麼的。」

『啊……』

大概是終於想起來了吧,篠原發出可以理解的聲音。

『原來高諒喜歡的是男人啊。』

「最好是啦——」

篠原跟鳥越,都喜歡那個B什麼L什麼的,因此會有這種發言我也不意外,不過為什麼只是想建立友誼她就會往「喜歡」的方向想歪呢。

「女生之間都可以變成好朋友,男生當然也行吧?」

『確實,你說的也有道理。』

能找到一個跟伏見、鳥越或姬嶋完全不同感覺的男性友人,談著只限於男生之間的話題。我一整天在教室裡總是能看到別人在這麼做,心裡確實有點羨慕。

好比跟女生絕對不能聊的低俗下流內容,還有一些沒營養的廢話等等。

涉入那些話題,對我而言並非完全無關緊要,也不是毫無意義的舉動。

『高諒,你也太沒用了吧。我聽了你那麼多情況,總之就是覺得你很沒意志力,又很難搞。』

「妳當面說我壞話也是會傷到我的耶？」

我這句吐槽或許是戳到笑點了吧，只聽見篠原發出「啊哈哈哈」的響亮笑聲。

『抱歉抱歉。對喔，你這傢伙既沒神經又遲鈍，我這可是在誇讚你喔。』

「是、是喔……？」

『然而，在奇怪的地方又很纖細慎重，這也是在誇獎你喔。』

我一點也不覺得她是在說我好話……這傢伙……難不成。

『本來以為你是那種會察言觀色的人，結果根本搞不清楚狀況嘛——我這是在說你的優點喔。』

結果全都是在損我不是嗎？

「不要以為加上後面那句我就可以接受妳的批評喔。」

大概是等我的吐槽等很久了，篠原隔著話筒冒出「呼呼呼」彷彿在喘氣的笑聲。

『為什麼我非得要像這樣聽你商量苦惱不可啊。』

「或許是因為妳很有大姊頭的風範吧。」

是這樣嗎——篠原說道。

「從妳當初犯中二病的模樣簡直難以想像就是了——」

『那些事，不准再提了。』

她的語調一口氣冰冷下來。

好吧請聽我說——我催促她回到原先的話題。

「因為篠原很親切吧，妳除了冷靜以外，還能理性地聽我的商量。」

『能不能別再捧我了……剛才才說了你那麼多壞話，害我現在充滿強烈的罪惡感。』

誰管妳啊。

「而且妳就像相撲老大一樣散發著厚重的安全感。」

『別把那個變成我的固定綽號好嗎？我絕對無法接受。』

如果我繼續說下去，她可能就要發飆了，於是我在此打住。

最後，她給了我繼續跟出口聊天的建言。

聽起來還滿難的，不過校外教學的時候應該不愁找不到話題吧。

原來如此啊——我接納篠原的建議後結束通話，而茉菜彷彿看準了時機般進入我的房間。

「葛格，你在跟誰說話啊？姬奈姊姊嗎？」

「跟誰說話是我的自由吧。」

「咦——可是人家很在意嘛——」

妳在意個什麼勁啊。

「以後別躲在外頭偷聽了。還有，進別人的房間前要先敲門。」

「嗯——葛格是要我以後進來前先敲門？」

「對啊，沒錯。」

「可是那樣以後葛格就不會生我的氣了呀。」

以後不生茱菜的氣？

「到時候，我會覺得很無聊耶。」

「別把我當玩具耍著玩好嗎？」

如果是來找我一起玩倒還可以接受。

「葛格還是不懂得人家的愛嗎——？」

「鬼才會懂。」

茱菜發出咿嘻嘻的笑聲，拋下一句「人家現在要去洗澡——」便走出房間了。

⑥ 青梅竹馬的真實身分

下下週就是校外教學了。

雖然我老早就把這事忘得一乾二淨，但鳥越跟伏見似乎記得很清楚，她們好像還迫不及待地屈指倒數著。

前陣子繳交的行動計畫表，就變成我們自由時間的指南了。

旅遊簡介上也確實註明了自由活動的時程。

由於大家都抄寫下來，我也只能迫於從眾的壓力將行動計畫記在簡介上。

雖說只要問一下那位行事風格完美的公主大人，她就會立刻把內容告訴我，但我姑且還是抄一遍吧。

我所就讀的那所中學，三年來都沒舉辦校外教學了。頂多只有類似遠足的當日來回社會科參觀活動，今年看來也不例外。

因此，茉菜看過我的校外教學簡介後，很羨慕我們學校能出遠門。

「到了晚上一定會有人做出心懷不軌的事吧——」

我問茉菜為什麼，但她只是以一句「因為是校外教學呀」直接打發我。

難道只有我覺得，這根本不算說明嗎？

我把簡介從茉菜手中討回來，並返回房間時，手機響了。

本來還以為是誰，結果是出自鳥越的聯絡。

真難得耶，她會直接打電話。

「怎麼了？」

『那個……高森同學，晚安。』

「啊啊，嗯，晚安。」

看來她是那種一講電話就會變得很客氣的類型。

『突然打電話來，很抱歉。』

「沒關係，我一點也不介意。」

接下來有好一會，鳥越都沒說話。

……是因為很緊張嗎？隔著話筒也可以感受到她那種欲言又止的氣息。

直接打電話給對方果然會讓人很緊張啊。我可以理解，簡直是太有同感了。真不知道自己是在焦慮什麼。就像之前打電話給篠原的時候，我心裡也滿緊張的。

既然明知會出現這種情形，為什麼還要刻意選擇打電話的方式……？

「感覺出口是個不錯的傢伙，真是太好了。」

我覺得這樣冷場很尷尬，就先為之前那件事表達一下謝意。

「那時候謝謝妳告訴我他的名字。」

『哪裡。總覺得你那時候是想主動找他，況且，我也知道你幾乎沒在記班上同學的名字。』

對啊——我同意道，結果鳥越再度陷入沉默。

『呼……』

呼？

『呼……』

？？

『第二天的……自由行動……有，一段，購物的時間。』

鳥越以吞吞吐吐的口吻說著，我只好用「嗯」或「喔」的方式回應，催促她趕快說下去。

『雖然，那是，採購紀念品的時間，如果你願意的話…………………要不要陪我，一起買？』

過了好長一段時間，鳥越才終於輕聲說出重點。幸好通過話筒還聽得滿清楚的，如果是面對面搞不好就聽不見了。

因為是分組行動的時間，大家一起行動是絕對沒問題的。

「好啊。不過說起買紀念品，我能送的對象，也只有茉菜跟我母親而已了。」

我半自嘲地這麼說道，鳥越終於噗嗤笑了出來。

『可以直接送想送的對象啊，就算是班上的同學也好。』

這麼說也沒錯。

我回想起，去年班上那群女生們互贈紀念品的光景。

因為大家都是去同一個地方旅遊，也稱不上是什麼土產吧，不過收到禮物的人好像還是很開心。

總之，如果不幫茉菜買紀念品，我的三餐品質就有下降的危險，因此那是絕對少不了的道具。

「買紀念品……啊。」

『怎麼了嗎？』

「為了避免忘掉，還是先寫在簡介上吧。」

『那，我也註明一下好了……』

呼呼呼——鳥越好像又被我逗笑了。

那之後，我又跟心情恢復正常的鳥越熱烈閒聊了好一會。

不知不覺才發現，竟然已經聊了一小時左右，於是我們說了聲「明天見」便掛斷電話。

房門頓時發出喀喳的聲響，茉菜闖了進來。

「葛格，你在跟誰講電話？」

怎麼又來了。

「是鳥越啦。她跟我約定好，校外教學要做某件事。」

「那位靜謐如林的 Shizu，竟然……？」

茉菜突然亢奮起來。

「還、還有呢？葛格還跟她約定了什麼？」

「沒了。」

「喔喔喔喔……！被搶先一步了……！」

她到底在激動個什麼勁啊。

「喂，看仔細囉，我可是把要幫妳買紀念品這件事仔細寫下來，以免忘記。」

「啊——！真滴耶！我最愛葛格了——」

好啦好啦，多謝多謝，我敷衍了一下這位現實的妹妹。

「真滴」這種用語，好像是最近才在茉菜口中流行起來的。

「不過，就算這樣最後還是會忘記，這才像葛格的作風吧～」

的確很像我會做的事。

類似她說的前例確實發生過，因此我決定還是不要回嘴。

茉菜一邊苦笑，一邊坐在我的床上翹著腳。大概是遺傳自母親吧，她那雙又白又細的腿跟我的截然不同。

「對了，我最近聽到了一些謠傳唷。」

「嗯？」

「小藍姊姊她，在東京發生了什麼事，葛格知道嗎？」

「不是唸高中嗎？」

「唔——果然以葛格的程度是難以參透的——」

我程度差真是不好意思啊。

「她的身分是女高中生，這點當然不必說，但還有另外一個……」

叮咚——這時突然有個陌生的個人圖示傳訊息給我。

帳號名稱是「ＡＩ」。

『好像只剩諒不知道我的網路聯絡方式。』

對方僅傳了這麼一句話。

原來是姬嶋（註1）啊，這一定是伏見或誰把我的帳號傳給她了。

我傳了一個小狗在說「請多指教」的可愛吉祥物貼圖過去。

註1　姬嶋藍的「藍」日文發音為「ai」。

因為平常很少用，還得稍微找一下。

『那麼晚安。』

這種平淡的訊息內容，的確很像姬嶋的作風。

「小藍姊姊好像還是偶像喔。」

「嘎？真滴嗎？」

「真滴真滴。呼呼，葛格也被我傳染口頭禪了。」

茉菜似乎很開心地噗呼一聲笑道。

我只知道理化科有個詞彙叫「滴定」，但為什麼她會染上「真滴」這種用語，簡直就是個謎啊。

「小藍姊姊的帳號AI，就是偶像這個詞的開頭唷（註2）。」

茉菜用唱歌般的語調解釋道。是說，妳幹麼一副得意洋洋的表情。

「因為是謠傳，我也真滴覺得很可疑。另外，我質問小藍姊姊的弟弟……也就是優紀那傢伙，他除了一句『我不知道』就不肯多說什麼了。我還認識一個對偶像很有研究的女生，她說或許有那個可能。」

也許只是一個長得很像的人吧——茉菜這麼說並取出手機滑了幾下。

註2　日文的「偶像」羅馬拼音寫作「aidoru」。

「應該就是這個偶像團體了。」

她剛才想必是在網上搜索，接著便把找到的圖片展示給我看。

這個這個——我緊盯茉菜所指的那張照片。

的確，模樣跟姬嶋很像。如果說是失散多年的雙胞胎，也不過如此了。

茉菜又給我看網路上的報導。

團體中的某位成員健康出了狀況，暫停一切活動。之後，那位成員就退出了。這是上個月的事。類似的情況好像經常在演藝團體中發生，以時間點來說的確跟姬嶋回來的時期配合得上。

雖然那不是什麼全國知名的偶像團體，但在演藝圈當中好像還小有名氣。

「姬嶋她，竟然是偶像……？」

「對演藝活動精疲力盡的小藍姊姊，搞不好就是為了跟葛格重逢才返回這裡的呢。」

「為什麼是為了我？」

「……」

唉啊啊啊……茉菜發出一聲長嘆，感覺就像反過來的元氣玉一樣，生命力都被吸光了。

「遠離大都會的喧囂，刻意隱藏自己的過去，為了再度與當年喜歡的青梅竹馬相見，就算特地返回這裡也不是什麼不可思議的事吧——」

「那個故事，是茉菜擅自編造的吧？」

「搞不好就是事實呀。」

她故意伸出腿踢了我好幾下。這樣內褲會走光的拜託快住手吧。

「真討厭，拿葛格一點辦法也沒有。」

我又怎麼了。

茉菜從床上站起身，走出我房間沒多久又折回來了。她看了一下我的書包裡面，把某樣物品塞進內袋。

「妳搞什麼鬼？」

「這玩意，是絕對必要的。尤其是在，校外教學的場合。」

茉菜又是一副自信滿滿的樣子。是說，校外教學還很久耶。

「校外教學絕對必要的物品？是耳機之類的吧？」

「啊——！葛格猜對方向了耶！就是那種，為了顧慮他人而禮貌上必須準備的東西。」

茉菜還是不肯把答案公布出來，只是拋下這樣的提示就離開我的房間了。

「禮貌上必須準備的東西？」

我好奇地打開書包一看，原來又是那個成人世界的入場券，而且茉菜還塞了三個。

「妳給我那麼多幹麼！」

不對，我連一個都用不著！

放學後，跟平常一樣由伏見或我書寫教室日誌，再拿去小若老師那邊，這已經變成我們每天的慣例了。

不論由誰寫，另一個人也會等對方寫完再一起回家。這雖是向來採取的做法，但今天卻有點不同。

「啊……呃，嗯，那麼，待會見囉。」

班上幾個來討論校外教學事宜的男女同學，邀請伏見等下去家庭餐廳。

那一夥人，我的確經常在學校附近車站邊的家庭餐廳撞見。

他們今天好像想把伏見也拉進去。

「事情就是這樣，小諒。」

伏見滿懷歉意般地對我說道。

對於要維持八面玲瓏完美形象的伏見而言，這種情況時常發生。

該怎麼說，我都有點佩服她了。竟然有人能八面玲瓏到這種地步。

「知道了，我一個人回去。」

道吧。

「嗯……」

伏見露出沮喪的模樣，看起來就像是垂下耳朵的兔子。

既然妳不想去拒絕他們不就得了——儘管我心底這麼想，但那就是伏見的處世之道吧。

至於說起我座位另一側的青梅竹馬，轉學生熱潮好像終於結束了，她的課桌四周已不見圍繞的人牆。

取而代之地，是不時有男生會偷偷溜過來找她說話。

「雖然姬奈也這麼形容過你，但你還真是意外認真哩。」

等教室裡的人變少了，氣氛也安靜下來後，姬嶋才這麼對我說道。

「妳不回去嗎？」

我略略瞥了那個方向一眼，又將目光放回教室日誌上。

「要回去啊，再等一下。」

姬嶋把書包擱在課桌上，保持隨時可以起身回家的狀態。

「啊，是嗎？」

最後終於只剩我們兩人了，姬嶋這才有一句沒一句地閒聊起來。

等週末制服就會寄來了，下禮拜就可以穿跟大家一樣的制服——諸如此類，該怎麼說，都是些無關緊要的瑣事。

我也用「是啊」或「喔喔」或「耶——」這幾種回應模式，一邊把手頭上的教室日誌給填完。

「你花的時間會不會太久了啊？我看姬奈只要用五分鐘左右就完工了。」

「因為那傢伙，每次都趁下課時間寫上一堂課的日誌啊。所以放學後她根本不必費多少功夫。」

「諒也這麼做不就好了。」

「那太麻煩了吧。」

「既然如此，你放學後又何必認真寫。」

「嗯，畢竟，當初是我自願當這個職位的嘛。」

「諒，你還真是個不可思議的人啊。」

的確，如果要說我自相矛盾，那我也不能否認。假使覺得麻煩的話，一開始何必自願當班長哩。

不過，對於在班上幾乎沒朋友的我來說，擔任某項職務這件事，就好比讓我在教室裡獲得了「呼吸權」一樣。

我也向伏見提過這點，但她好像完全無法理解般，對我露出難色。

「這麼說吧，如果能成為某個『角色』在班上就會輕鬆多了。好比身為A同學的朋友，或B同學的男友、C團體的一員之類。那就好像，班上有自己的固定『一席』，就連呼吸都會變得自在許多。」

對我而言，那個「角色」就是「班長」了。只有這個大家都不想幹的職位，進入門檻最低，任何人都有資格扮演。

我雖然已經解釋得很詳細了，但我不認為姬嶋能聽懂。

「總覺得可以理解。」

她竟然懂了。

「騙人的吧。」

「我騙你做什麼。」

像姬嶋這種名副其實的美少女，會思考這種問題還真叫我意外啊。

當初伏見聽到我說這個的表情，簡直就像我提出了什麼哲學的難題一樣。

「喂，姬嶋，妳還不回去嗎？」

「真是的……你還搞不懂喔？」

她彷彿極其無奈地嘆了口氣，並目不轉睛地凝視著我。

跟前一天的伏見相較，我算是寫得很隨便了，但總算還是把今天的日誌完成了。

不過與其說我隨便，不如說是伏見她對此太過嚴謹的緣故。

每個項目她都寫得很詳細。

以伏見為基準的話，任何學生看起來都變得很隨便了。

我啪一聲闔上教室日誌，抓起書包從座位站起身。

「接下來只要把那個拿去若田部老師那邊，班長的任務就算完成了吧？」

「妳說對了。」

於是姬嶋也拿起書包跟在我後頭。

我們班雖然已經沒有人會對姬嶋感到稀奇了，但跟走廊上其他年級的學生擦肩而過時，還是有許多人會回頭對姬嶋多看幾眼。

抵達教職員辦公室後，將日誌交給小若。

小若說了聲「辛苦你啦——」便把東西接過去，然後又呼嚕嚕地啜飲起馬克杯裡的咖啡，重新返回剛才在筆電上進行的輸入作業。

我跟在入口等待的姬嶋重新會合，換好鞋子後離開學校。

「姬嶋，妳也想當班長嗎？」

「不，我只是在觀察你平常的工作情形罷了。」

「觀察這個要幹什麼？」

「能搞懂很多事，還滿有趣的啊。」

這項工作哪裡有趣了？

我不解地歪著腦袋，跟姬嶋並肩而行，結果這時發現有兩個一年級的女生在校門邊等待。她們先是快速瞥了這邊一眼，隨即便躲入隱密處。

「諒，你還滿受女生歡迎的嘛。」

「咦？我嗎!?」

我受歡迎？真的假的……？

雖然可以確定，那兩個學妹還在偷偷觀察這邊，但特地等我──!?

我心底小鹿亂撞地穿過校門時，有人對我們出聲了。

「那個。」

來、來了……

「咦，什麼事？」

我緊張兮兮地問道，但那兩個女生，注意力完全沒放在我身上而是看著姬嶋那邊。

「您是藍華小姐，對吧……原本隸屬『櫻瞬』的那位？」

藍華這個名字以及後頭那個簡稱我心裡有印象。

之前茉菜給我看過的那則演藝新聞，其中的偶像團體就叫「櫻色瞬間」，至於退出的成員則名為「藍華」。

「經常有人對我這麼說呢，不過很抱歉，妳們認錯人了。」

姬嶋擺出一派輕鬆的笑容，說完又邁出步伐。

「喂，姬嶋之前果然當過偶像吧？」

我追趕上去，因為很好奇便忍不住試著問道。

「你的果然是什麼意思？」

「因為茉菜對我提過妳的謠言啊。」

「那頂多只是謠言罷了。」

好吧。

「還是說，我當過偶像會讓諒比較開心？小時候認識的那個小藍，竟然變成了只有少數人知道的地下偶像之類。」

「不，並沒有。我雖然會感到很佩服，但也只有那樣罷了。」

不論姬嶋變成什麼身分，擁有了多高的人氣，又或是變成了什麼大惡棍，她是我青梅竹馬的事實都不會改變。

只要姬嶋還把我視為青梅竹馬，那我就永遠用相同的身分看待她。

「這就是諒最大的魅力了吧，姬奈之所以會那麼主動，我好像終於懂了。」

「妳到底懂了什麼啊？」

姬嶋把那個沒頭沒尾的岔題拉回來。

「我剛才雖然對她們否認，但那是事實。」

「……咦。」

呼呼呼——姬嶋又露出笑容。

「不關心，不在乎，幾乎不做任何反應。」

姬嶋好像在唱饒舌歌般羅列出上述那些負面的語句。

「……真抱歉啊，我的個性天生就是這樣。」

「或許就是因為你的這種天性，我才願意對你說實話吧。難道你會在網路上貼文嗎？『有沒有青梅竹馬變成偶像的八卦』？」

「我才不會那麼無聊。」

「我也覺得你不是那種人。」

姬嶋又向前重重踏出幾步，隨後才轉過身對我說道。

「諒，其實你跟偶像接過吻喔。」

「嘎？」

「就在體育館的器材室，我轉學之前的事。」

也就是說，那是發生在小學時代吧。

之前姬嶋問我有沒有回憶起什麼，應該就是指這個吧。

「正確地說，比起接吻，那更像是我們『啾』了一口。」

我完全無法分辨這兩者的差異在哪。

「就類似一時失控了，才把內心的好感暴露出來吧。」

之前伏見對我也是這種感覺嗎？

「更精確地說，那是發生在妳成為偶像之前吧？」

「這種小事不必刻意挑毛病吧。」

姬嶋好像覺得很無趣地這麼說道，接著她又「咳咳」地故意乾咳幾聲。

「就算是在我成為偶像之前吧，你也可以把那個當作你一輩子的寶貴回憶。」

「說得好像是妳賞賜給我一樣……」

「曾經跟當上偶像的青梅竹馬在體育器材室接吻，這難道不是臨終前走馬燈會閃過的重大事件嗎？」

「我又沒看過那種走馬燈，才不懂什麼等級的事件會出現咧。」

這麼說也沒錯啦——姬嶋語畢忍不住又笑了起來。

「跟我接吻這件事，就算保守估計我也覺得至少價值一百萬元以上。」

「才沒那麼多哩。」

「是你不知道而已，在所謂偶像這個業界這些都是有行情的。」

「別把接吻當成做買賣好嗎？」

聽了我的吐槽後，姬嶋再度噗嗤一笑。

「我之前一直猶豫要不要對你吐露這件事，說穿了，我只是個地下偶像，並沒有全國的知名度，要是被當作什麼過氣藝人看待也會讓人感到很不快吧。不過，現在總算舒暢多了。」

對於是否要向我公布自己曾當過偶像這件事，姬嶋似乎始終骨鯁在喉。

儘管並不是那種可以上電視的知名偶像團體，但對那方面有研究的人好像都聽說過她。

「太好了，我就是這種對一切都漠不關心的傢伙。」

「就因為你是這種人我才願意對你說啊。」

好吧算妳說對了。

我們回去吧——姬嶋如此表示，我這才懶懶地邁開雙腿跟隨她的腳步。

7 鄰座的青梅竹馬與照片

「怎麼樣？我很可愛吧？」

姬嶋露出自信滿滿的笑容，在原地轉了一圈。

正如先前預告的，她收到我們學校的制服了。

她已正式成為我們學校的學生，所以這麼形容好像有點怪怪的，不過她的模樣看起來很陌生、就好像在玩什麼角色扮演一樣。

「是啊，嗯，滿好看的。」

「謝謝。」

咳咳——原本坐在座位上的伏見，這時也乾咳了兩下後緩緩站起身，在原地轉了幾圈。

她的舉動讓我覺得很不可思議，一旁的姬嶋看了，則是發出「呼呼」的笑聲。

跟平常一樣穿著有點邋遢的小若來到教室了，在點完名後，她把同學們帶往中庭。

「唔嗚嗚……太期待了，害我昨晚有點睡不著。」

「姬奈，妳是小朋友嗎？」

「……小藍，妳自己還不是有點黑眼圈。」

「我可不會上妳的當喔？」

哼——姬嶋頗得意地用鼻子哼了一聲，但正如伏見所說的，她的確有點熊貓眼。

結果連妳也興奮得睡不著喔。

校外教學的第一天，待會各班就要分別搭上遊覽車，花兩小時左右抵達目的地。

「出、出口……等下在車上，我可以坐你旁邊嗎？」

「嗯，好啊，不過——」

只見出口環顧四周，話說到一半就停住了。

不、不過……什麼？

「難得有這個機會，像這種時候跟女生一起坐才比較有意思吧。」

這個提議很讚吧——出口彷彿在這麼強調般露出潔白的牙齒。

是嗎？

如果是搭電車或許還可以，但要在遊覽車上坐那麼久，鄰座是女生總覺得很不自在。

「校外教學就是要這樣，我贊成！」

伏見用力豎起了大拇指。

「嗯，至少在這種場合，應該，不賴……」

儘管音量很低但鳥越也同意了。

我本來還以為，伏見跟鳥越應該會想坐在一塊，但看來我猜錯了。

「我也沒異議。你可以坐我這邊沒關係喔？」

為什麼姬嶋要用這種高高在上的說話語氣啊。

「我還買了零食喔。如果我們坐旁邊，就可以分給你吃了——」

她偷偷把那盒東西秀給我看，是Pocky，一種長條狀的美味餅乾棒。從小時候我就很喜歡這玩意。

「石頭。」

於是男女生分開猜拳。我出石頭，出口則是剪刀。女生那邊好像也猜完了。

我輕輕舉起拳頭，有個人立刻回應我。

「我也石頭！」

那是兩眼閃閃發亮的伏見。

「所以我跟鳥越同學都是剪刀嗎？」

姬嶋被多出來了。

「為什麼嘛！」

© Fly

她似乎很不服氣，兩側嘴角用力向下抿，就像小朋友發怒的表情一樣。

有一個人會沒有伴，這真叫人難過啊。老師也吩咐不可以坐在輔助席（註3）上。

「小藍，勝負就是這麼殘酷呀。」

伏見露出同情的眼神，這讓姬嶋爆出青筋。

「妳那種勝利自滿的表情，看了就有點不爽……」

「中途會在休息站停車，我覺得可以到時候換一下座位。」

鳥越這麼提議道，出口也附和她。

「這個主意很不賴嘛。」

「既然靜香同學想要這樣，我也沒什麼意見。」

姬嶋一副暗爽的樣子。是說，靜香同學這個稱呼從哪冒出來的。

相對照之下，伏見則是陷入沉默、面無表情。

總而言之，就決定要在半路上換一次座位了。

在學年主任略嫌冗長的講話結束後，各班開始分頭進入遊覽車。

我手上只拿著隨身行李，對車上逐漸被填滿的座位東張西望，這時先上車的伏見對我揮手示意。我坐到她隔壁那個靠走道的位置，前面那排則是出口跟鳥越。

註3 輔助席是日本巴士一種可收折在正式座位旁的簡易座椅。

「鳥越同學，妳把書帶來了啊！」
「啊，那個，這是……」
「是什麼樣的書啊？」
「那個，呃……」
尷尬，這下子尷尬了。
一定是那個B什麼L什麼的玩意。
我知道鳥越最近在閱讀什麼，所以坐在後頭忍不住想笑出來。
「姬嶋她，不知道怎麼樣了？」
「你又在擔心小藍了。」
伏見氣嘟嘟地鼓起臉頰。
「不，與其說擔心，不如說是覺得被剩下來的人很悲慘吧——」
但，就在我這麼想的時候，我身邊的輔助席發出被拉開的聲響，只見姬嶋一屁股坐在上頭。
「啊，姬嶋妳這樣——」
我話還來不及說完，司機先生就用車內的麥克風廣播道。
『高速路段坐輔助席很危險，請勿使用——』
「～～唔。」

姬嶋面紅耳赤地渾身顫抖起來。雖然不確定她是因為羞愧還是什麼的，但總之她抖得很厲害。

況且輔助席是在走道上，這樣肯定會妨礙他人通行。

「小藍，別介意……」

「妳還是去其他空座位吧——」

「等下休想我分 Pocky 給你！」

她惡狠狠地拋下這句，接著便很寶貝似地抱著那盒 Pocky，跑到稍微後頭的座位去坐了。

什麼叫休想分給我……我可不記得有跟她開口要求過那個。

這時伏見也伸手進包包裡摸索，最後取出某樣東西。

「這個是我帶來的，可以放心享用唷。」

原來是跟姬嶋同一款零食。

不，就說了，我並沒有吵著想吃這個啊……？

「因為以前遠足的時候，小諒絕對會帶這個。」

「我有嗎？」

「小藍不是也記得這件事嗎？」

我轉頭看了後面一眼，姬嶋正在遠處跟班上其他女生有說有笑。或許這對她來說反而是個認識人的好機會吧。

當然，對我而言也是。

「出口，上次聊到的那款遊戲，我也開始玩了——」

「喔喔，真的嗎？要不要加好友？」

「呃，可是，我的角色還很遜，應該幫不上你什麼忙吧。」

「有什麼關係嘛，別介意那種事。我可以把我細心培育的角色們借給你用。」

我問了他的ＩＤ，申請加入好友。當我們正聊遊戲聊得很起勁時，隔壁的伏見與鳥越也一前一後開談起來。

「小靜，要吃 Pocky 嗎？」

「嗯，我也帶了其他零食，我們交換著吃吧。」

「啊——太好了，越來越有校外教學的氣氛了～」

伏見一副心滿意足的模樣。

遊覽車出發了，本來歡騰的車內也漸漸平息下來。

現在這種安靜的環境，就算小聲說話也會傳得很遠，前排那兩位甚至已經睡著的樣子。

「小諒，這是你期待已久的 Pocky。」

伏見壓低音量打開包裝。

「我才沒有期待哩。」

她對我遞出一根。

「讓我餵你——啊——」

「別鬧了啦……」

「快點，快點嘛，不然要被其他人看見了。」

走道另一邊以及前後兩排座位的人都睡著了，不過，誰也不敢保證他們不會突然睜開眼睛。

「與其說怕丟臉，不如說是擔心做壞事會被抓包吧。」

這是哪門子理論。

來嘛來嘛——由於她一直把零食抵在我嘴邊，我只好無奈地迅速吃了起來。

「好吃嗎？」

「一貫美味的口感真叫人安心。」

「太好了。」

伏見似乎很開心地綻放出笑容。

「請恕我稍微失禮一下……」

她冷不防整個人往我靠過來。

「這回又要幹麼？」

「自拍。」

伏見打開拍照程式，伸長舉著手機的臂膀。

「咦？現在嗎？」

「就是現在。或者應該說，我早就很想拍了。」

她調好前鏡頭的角度，二話不說就喀嚓喀嚓狂拍起來。

「喂，住手啊。」

「呼呼，小諒，擺個 Pose 吧。」

喀嚓喀嚓。

「我真不習慣被人拍照啊……」

「呼呼，抱歉囉，請忍耐一下。」

伏見終於離開我身邊，檢視剛才拍下的照片，嘴角還掀起喜不自禁的笑意。

「還真是好久沒有兩人合照了，總覺得心裡好緊張唷。」

唯獨這點我略表同意。

存檔存檔——伏見這麼喃喃說著，側臉看起來非常開心的樣子。

8 這根本是心願吧

在休息站停車讓大家午休後，遊覽車再度駛向目的地。
我們也換了座位，這回變成姬嶋坐我旁邊。
「那我就去其他人那裡囉。」
伏見這麼說完，便跟姬嶋互換位置。
姬嶋則目送往車後頭走的伏見。
「該怎麼說，總覺得她非常從容不迫啊。」
「從容？」
「不，當我沒說吧。」
姬嶋從她那個小到會讓人懷疑「裡面究竟能裝什麼？」的包包中，取出了先前說的 Pocky。
「你不想吃嗎？」
我可沒這麼說。

喜歡固然是喜歡，但剛才伏見已經餵我吃過了……

「現在暫時不想。」

「何必假裝客氣嘛。」

不知何時，我變成了想吃喜歡的零食卻又不敢行動的膽小鬼。

姬嶋手上抓著本來想硬塞過來的 Pocky，自己一口接著一口啃了起來。

結果是妳自己想吃喔？

「喂喂，小高啊，要不要玩撲克牌？」

從椅背後探出頭的出口轉向我這邊說。

小高——是指我嗎？

該怎麼說，還真不錯哩，我也能被朋友取綽號了。

「因為『高森』這個姓聽起來還滿帥氣的，讓人有點不爽啊。」

出口毫不顧忌地高聲笑道。

「帥氣？」

我不解地歪著腦袋，聽到我們對話的鳥越也探出頭轉向後面。

「我有帶撲克牌喔。」

「鳥越真是準備周到啊。」

請等一下——鳥越在包包中翻出一副撲克牌。

至於嘴裡塞滿零食的姬嶋，突然像倉鼠一樣拚命動著雙頰，一股腦把食物嚥下去。

「我也要參加。」

我知道妳想玩啦，看妳剛才狼吞虎嚥的樣子。

Pocky 的碎屑，還黏在妳的嘴脣上耶？

於是我們用鳥越的撲克牌，玩起了抽鬼牌。

沒想到這個玩起來意外激烈。

「喂，姬嶋，從我這個角度可以看到妳手裡的牌面喔。」

「看就看吧，我不相信諒是會用這種作弊方式占便宜的人渣。」

「別採用訴諸我良心的策略好嗎？」

「小高，鬼牌在你那邊吧？」

「……我沒有。」

「「啊～果然是在他那裡。」」

為什麼會被大家看穿啊。

玩了好幾輪抽鬼牌，有一半以上的場次都是我輸。

「高森同學，你太容易把情緒表現在臉上了。」

「是喔？」

「小高……照你這樣子，根本沒法對女生動歪腦筋嘛？」

「放心吧我不會在這種狀態下動歪腦筋的。」

「那就代表其他場合你還是會動歪腦筋？」

「姬嶋，請不要挑我語病好嗎？」

早知道這種結果，剛才就應該規定輸的人要受罰了——出口遺憾地說道。

「高森同學太弱了，還是玩別的吧。」

鳥越又在包包中翻找，這回拿出一疊跟撲克牌圖案不太一樣的紙牌，嘩啦嘩啦地洗了起來。

「是要玩桌遊嗎？」

「不是，這是塔羅牌。」

「鳥越同學，妳會算命喔？」

「會一點點，之前有興趣所以練習過。」

「……」

姬嶋一副興味盎然的模樣，什麼也沒說只是緊盯著鳥越的動作。

「姬嶋同學，妳也喜歡算命嗎？」

「沒有啦。算命這種東西，就算當場有印象，只要過了三天就會把之前聽到的建議忘得一乾二淨了——」

「所以鳥越，等下妳不必幫姬嶋占卜了。」

「——不過，如果是要充當靜香同學的練習對象我倒是很樂意。」

這傢伙，我看妳才是假客氣吧。

「姬嶋同學，如果妳喜歡算命的話可以直說啊？」

出口故意擺出一本正經的表情說了這句大快人心的話。

「我只會如實說出內心的想法，用不著你操心啦。」

結果首先由出口挑戰塔羅牌算命。

在鳥越的指示下，他選好牌，再請鳥越來解讀牌面。

鳥越詳細地為他說明著。喔喔喔——出口不禁發出感嘆聲。

「感覺好像算得很準……不過這是真的嗎？」

「不久的將來，你可能就會發生那樣的邂逅了。這是從你選出的牌面和位置進行判斷。」

「老師，真是太感謝妳了。」

「別放在心上。」

現場的氣氛變得跟先前截然不同。

咳咳，咳——這時，姬嶋裝模作樣地乾咳了幾聲。

「好啦好啦，下一位輪到姬嶋同學。」

「……那麼請多多指教了。」

看到剛才出口的反應，姬嶋也變得謹慎小心起來。

一樣先由姬嶋選牌，再讓鳥越根據內心的想法解讀了五分鐘左右。

「呼嗯呼嗯，姬嶋同學，真是辛苦妳了。」

「咦？」

「從這樣的牌面跟位置判斷，只要情勢或環境發生變化，妳之後應該會變得比以前輕鬆許多才對。」

「……真是太感謝了，老師。我會聽從您的激勵繼續努力的。」

「不必放在心上。」

這種氣氛到底是怎麼回事。

「好，那麼最後換我了，就麻煩妳算一下啦。」

跟先前的出口和姬嶋一樣，鳥越又交代了一堆步驟，但流程幾乎完全沒變。

「呼嗯——原來如此啊。」

「怎麼樣？」

「最近你身邊，應該發生了某種變化吧？」

是指姬嶋的事嗎？我目前能想到的就只有這個。

「那應該類似某種僵局的突破吧，就好比改變現況的關鍵之類。」

「是喔，這樣啊。」

「你或許會跟身邊的人墜入愛河，也可能不會。」

到底是會還是不會啊。

「比起高不可攀的鮮花或大朵盛開的玫瑰，生長在路旁的蒲公英可能更適合你吧……我想也許可以這麼說……」

鳥越的音量越說越小，臉頰還同時染上了紅暈。

「鳥越，妳臉紅了……」

只見她倏地躲回了椅背後。然而姬嶋並沒有放過她，直接從側面窺伺鳥越那排座位。

「所以我說靜香同學，最後那個不是占卜，根本就是妳的心願吧。」

「是占卜。」

「看妳都臉紅成這樣了。」

姬嶋輕戳了鳥越的臉頰幾下。

「這是我原本的膚色。」

「妳也太純情了吧。」

「～～」

出口用陶醉的眼神觀察姬嶋跟鳥越的互動。

「百合花園要開放了。」

「百合花園……？」

「這可是禁止男生進入的世界喔，小高，多學著點吧。」

不知為何，我總覺得還是不要懂這個比較好。

姬嶋靠回自己的椅背上，露出一副莫可奈何的樣子嘆了口氣。

「真是的，簡直一點都不能大意呢。」

「姬嶋，妳已經在成年人的世界經歷過許多事了，所以才會覺得鳥越看起來很純潔吧。」

我若無其事地發表看法，結果被姬嶋噗嗤一笑。

「假使諒是這麼看待我的話，只要將來對我有更深入的瞭解，你一定會更喜歡我喔？」

……這種自信是從何而來啊。

「我才不會那樣哩。」

「呼呼，小鬼。」

妳很吵耶。

「不要鬧彆扭啦。」

「我才沒有鬧彆扭。」

本來一直面朝後方的出口，這時誇大地嘆了口氣，重新轉回前方。

「老師，現在有件事讓我很痛苦。」

「你說說看吧。」

「我背後有一對年輕男女正在打情罵俏。」

「真是不可原諒呢。」

這個算命的把戲還要繼續玩下去喔？

9 旅行途中的筆記字跡潦草

我們抵達今晚的住處，那是一間清爽整潔的樸素旅館。房間裡除了我跟出口外，還有別組的另外三個男生，一共是五人一間。其他的房間也差不多，男女生都是分開住的，安排成五或六個人一間。

房內的陳設就像是標準的旅館範本，茶壺跟杯子就放在熱水瓶旁邊，馬上就有一個人動手燒起開水。

「啊——那個，只是進來放行李而已，馬上就要出去集合喔。」

我這麼提醒道。是喔——那個男生也掏出簡介確認。

要不是我擔任班長一職，對旅遊的行程跟時間安排才不會記得那麼清楚咧，所以我很能體會對方的心態。

「出口，你跟姬嶋同學、伏見同學，還有那位ＳＢ(Silent Beauty)鳥越同一組喔？羨慕死你了。」

「就說吧？這叫好酒沉甕底啦。」

明明是當時睡著了才來不及跟其他人分組，出口卻一副得意洋洋的樣子。

同房的其他男生好像都跟出口交情很好，紛紛討論起自己組裡的成員。

「有那幾個人在真好耶——感覺應該會很有趣。」

就像這樣，出口跟另外三個男生聊開了。

……我果然，太一廂情願了。

出口的朋友並不只有我一個，而是跟大家的交情都很好。

「聽說姬嶋同學她……以前當過偶像，這個謠言是真的嗎？」

可能是被這意外的質問嚇了一跳吧，出口露出愕然的表情，朝我這邊看過來。

我決定佯裝不解地歪著頭。

姬嶋並不願意把這件事告訴所有人，所以我如果在這裡多嘴饒舌那可就大錯特錯了。

「假使真是那樣，那我們去她的演唱會，不就可以看她在舞臺上又唱又跳，最後還露出笑容跟粉絲握手嗎？我想我絕對會愛上她的——」

沒錯沒錯——其他男生也極力同意。

「差不多該去大廳集合囉，我們下去吧。」

我這麼提醒道，眾人隨口應了一聲，就帶著最低限度的隨身行李移動。

情緒較為高昂的那三位室友走在前面，跟我在後頭並肩而行的出口這時壓低音量。

「喂……那是真的嗎？」

「什麼？」

「關於姬嶋同學的事。」

「天曉得啊，我也是第一次聽說。」

我使盡全力敷衍對方。

像這種謠言，通常都傳播得很快。好比班上有隱藏的班對，一旦形成話題就會瞬間蔓延開來。

「……是喔。」

「就算她以前當過偶像好了，只要退出那個職業，現在也只是普通人了吧。她沒必要唱歌跳舞，也沒必要對陌生的歌迷展露笑容，更沒必要握手。」

她本人也說過，偶像只是一門生意。

「不過啊——你應該有妄想過這種情節吧，學校裡轉來一名偶像之類的。」

「從來沒有。」

「真的假的，你都幾歲了。」

「我是高中生啊。」

「誰問你那個了。」

一旦全班人馬在大廳到齊，就可以往遊覽車移動。

伏見她們，究竟是住在哪個房間啊。

我看了一眼那份很快就變得皺巴巴的校外教學簡介，確認房間的分配情況，她們是住在跟別組女生合併的六人房裡。

為了應付緊急逃生的需求，地圖上還註明了各房間的位置等等，不過不知道會不會有哪個蠢蛋對此動歪腦筋啊，每次到了校外教學我都有點擔心這個。

「全員到齊了，好，上車吧——」

在小若的號令下，我們全班搭上遊覽車。這回換成鳥越坐我旁邊。

「高森同學，下一個要去的景點是哪裡？」

「這個嘛，我看看——是祭祀有名武將的神社。」

「所以說，那位武將後來成為哪一個藩的當主呢？」

「怎麼開始益智問答了!?」

我知道我知道——坐在前面那排的伏見舉起手。至於伏見旁邊那個座位則坐著姬嶋。

「我並沒有考 Hina 呀。」

「小諒，你知道答案嗎？」

「……我雖然知道，但我不想說。」

我驀然望向車窗外，聽到我們對話的姬嶋高聲大笑起來。
「呼呼呼，其實諒根本就不知道答案吧？」
「等下我就會認真參觀了，妳有意見嗎？」
我自暴自棄地這麼說道，伏見跟鳥越也忍不住笑了。

花了大約半小時抵達的神社，由於是非假日之故，遊客稀稀落落，能像這樣悠閒自在地參觀感覺還真不錯。
「之後還得寫心得報告才行，所以你一定要邊逛邊寫筆記唷？」
這個作業明明大家都逃不了，伏見卻只提醒我一個。
真叫人無法接受耶。
「我知道了啦。」
「結果你連筆都沒帶嘛！」
「我有手機。」
「現在的小孩真是的！」
妳也跟我一樣大吧。
是說，生活尚未數位化的伏見還真的帶了筆，就連筆記本都乖乖拿在手上。
「Hina，老師說過用手機拍照也ＯＫ，所以不必特地拿筆記本跟筆出來喔。」

鳥越也是現代的小孩，正拿著手機對景點的各處拍照，然後又對著螢幕不斷點擊，似乎是在手機裡做筆記。

「我這種方式，比較容易記在腦袋裡。」

關於寫筆記這件事，就我的經驗，幾乎對記憶內容毫無助益。而且事後回頭閱讀時，還經常因當初的字跡太潦草而看不懂。

因此，利用圖書館或網路查資料，才是最簡單省事的方法。

更何況，學校的這種心得報告從來就沒有用稿紙繳交的。

「姬奈，諒說想跟我合照一下，能麻煩妳幫忙拍嗎？」

「我才沒說過哩。」

但姬嶋完全無視我的反駁，為了尋找合適的背景而不停朝後確認，把我硬是拉到感覺拍起來不錯的地點。

「小藍，小諒連一個字也沒說要跟妳合照耶？妳怎麼了？出現幻聽了嗎？要不要幫妳找保健室老師——」

伏見好像真的很擔心的樣子。

跟我們一起出來校外教學的保健室老師，現在不知道人在哪裡？

「——才、才不是那樣！我是看諒一副欲言又止的樣子才主動幫他！」

「最好是啦。」

「所以事情就是這樣囉。」

姬嶋根本不理會我們的意見，把我的手機一把搶了過去，直接遞給伏見。

「別以為我不知道喔，你們在遊覽車上幹了什麼好事。」

「……唔。」

伏見的笑容瞬間變僵。

「真、真拿妳沒辦法，小藍……只限這一次唷。」

伏見掛起一臉苦笑，舉起手機準備拍照。

那我的個人意志呢……？

「Hina，你們在車上怎麼了嗎？」

鳥越也表現出關切的態度。

「啊哈哈，不是很重要啦，雞毛蒜皮的小事。」

「跟姬嶋同學那樣還不滿足，小高，你這傢伙啊啊啊啊——！」

「咦？小諒，你跟小藍在車上做了什麼嗎？」

伏見倏地將手機放下來，儘管整張臉依然散發出柔和的氣息，但唯獨眼神是無比嚴厲的。

「「他們打情罵俏。」」

出口跟鳥越異口同聲地答道。

「咦——」

我那支被伏見抓在手上的手機，頓時發出受到強烈擠壓的刺耳聲響。在伏見的背後，彷彿有股神祕的黑色熱氣流在搖曳著。

「伏見小姐伏見小姐，請冷靜下來，先深呼吸一口氣吧。另外，我們並沒有打情罵俏喔。」

快把手機還我，別管什麼拍照了。

「為了緩和氣氛，先讓我跟高森同學合照吧……」

這算哪門子緩和氣氛啊，鳥越。

趁那兩位青梅竹馬還在用目光相抗衡時，鳥越咻地快步插進來，將手機遞給出口，麻煩他拍了好幾張照片。

「啊，等一下我會傳給你的。」

「好吧，嗯。」

「……這麼一來，我也不得不採取行動了，對吧……」

出口，你給我乖乖待著不要攪局。那副自以為很帥的表情又是怎麼回事啊。

以結果而論，每個人都跟我合照了一遍。

包括出口在內。

「其實你根本沒必要軋一腳吧。」

「不，以事情的發展來說，我這麼做才是正確答案。」

哪裡正確了。

當我跟出口合照時，伏見她們紛紛以帶著微笑的視線在旁守候著。

那之後，甚至又拍了一張全體大合照，是拜託剛好路過的別組同學幫忙的。

之後那張全體合照傳到我手邊，拍得實在很不錯。

包括我在內，不論是伏見、姬嶋、鳥越或出口，大家都滿是愉悅的神情。

⑩夜

在神社的用地內散步，接著去逛附近的武士宅邸街道，最後則參觀了似乎很有名的寺廟，校外教學第一天的行程便到此告終。

在回旅館的遊覽車上，出口對我問道。

「小高，神社跟寺廟有什麼區別啊？」

「別問我這個好嗎？」

「哎呀，你不是腦袋很好嗎？」

「腦袋好的人是伏見。有誰規定班長就一定腦袋很好的。」

「這麼說也有道理。」

坐在鄰座的出口接受了我的解釋。

我們前面的那兩個座位，是由烏越和伏見占據，至於被多出來的姬嶋好像又跑到遊覽車後頭去坐了。

只見一張張照片被陸續上傳討論群組。這是為了分享大家的照片才在回程時創建的群組。

照片的上傳者則是伏見跟鳥越。

「這張不錯。」

「嗯，表情很好看。」

那兩人在前排愉快地聊著，對於在大量照片中挑選的作業相當熱心。

有些是五人合照，有些則是兩人或三人，各種排列組合的合照被她們精挑細選出來。

「伏見同學、姬嶋同學，還有鳥越同學的照片……把這些印出來應該可以拿去賣錢吧。」

出口喃喃說著這些沒品的話。

至於我的手機相簿裡，比起照片，影片檔案好像還更多一點。

幾乎每段影片的長度都沒超過十秒，有些是同學們高聲嬉鬧的模樣，有些則是大家靜靜眺望庭園的光景，類似這樣的內容很多。

「喔，感覺很不錯耶，你拍的那些影片。」

「喂，別偷看啊。」

我不知道出口在偷窺我手邊的手機，慌忙把螢幕關掉。

「伏見同學的側臉，先是流露出少女的憂鬱，然後她發現你在拍她，立刻轉為慌張，接著又有點害羞地擺著姿勢。真不愧是本班的電影導演啊。」

「別說了。」

被出口這麼一誇，讓人感覺很不自在。

其實我並不是特地為了練習攝影，只是看大家都在拍照片或影片，就不自覺興起一股躍躍欲試的念頭。

「這些影片，一定也很值錢。」

「我可不賣啊。」

不知為何，出口就是想透過伏見斂財。他還要求我把檔案傳給他，但我斷然拒絕了。

當時發現我在拍伏見影片的姬嶋，對我表示「如果想拍的話大可拍我」，但我卻完全沒有拍她的打算，只是看姬嶋一副很希望我那麼做的樣子，我才順便拍了她。

姬嶋的氣質的確很華麗，但因為她被拍攝的意識太過強烈，會出現一些裝模作樣的舉動，反而顯得有些不自然。

由於我還有其他許多想拍的主題，手機儲存空間不知不覺就要爆了。

遊覽車快到旅館時，小若為大家重新說明一遍之後的行程。

其實內容跟簡介上的完全一樣，但一定有些同學跟我一樣沒在聽，或之前沒詳細閱讀簡介，因此還是像這樣再宣布一次比較好。

抵達旅館了，在短暫的自由時間後，所有人去大食堂吃晚飯。菜色是以天婦羅和海鮮為主的和風豪華套餐，等享用完畢大家就各自返回房間。

剩下的行程，就是每一班各自的洗澡時間了，等洗完澡便可上床就寢。

「每班的女生都有半小時可以洗澡，為什麼男生只有十五分鐘啊，班長大大。」

「這種事別對我抱怨啊。」

跟我同房的班上同學，半開玩笑地這麼抱怨道。

去年的洗澡時間也像今年這樣非常倉促，我回想起那個澡堂裡擠了一大堆人的場面。

「這裡的澡堂，應該是男女分開吧？」

「那不是廢話嗎？」

現在混浴反而是罕見的情況。

「班長大大，拜託你想想辦法啦。」

「別找我。」

你以為我真有辦法嗎？

「難道你們不想偷聽，女生在隔壁澡堂嬉鬧的情形嗎？」

有一人這麼說道，除了我以外的其餘四人都強烈贊同。

「反正最後一定有女生會去告狀，做這種事的人只會淪落被白眼的下場，還是不要吧。」

像這樣的呆瓜，為何每年都會出現哩。

「錯了錯了，班長大大，我們只是單純去洗澡而已。至於隔壁的聲音，是自己傳過來的，我們不想聽也不行啊。」

聽得到，跟刻意湊過去豎耳傾聽，這兩者應該是截然不同吧。

「偷窺？不，那種做法已經過時了。只偷聽聲音，這才是全新的形式。」

以為這樣就比較酷嗎？然而其他三人，都表現出「你這傢伙說得真好」的態度，高舉起手相互擊掌。

「……為了這種事興奮也太奇怪了吧。」

新形式的「偷窺」讓這四人士氣高漲，但就在這時，房門被「咚咚」敲響了。

「來了，請進。」

原來是換上浴衣的伏見造訪，再加上她這時把秀髮束在腦後，給人一種強烈的新鮮感。

「打擾了……」

她悄悄對房內探出頭，除了我以外的男生就像時間暫停一樣，瞬間凍結原本的動作，還不自覺擺出鞠躬哈腰的姿勢。

「有什麼事嗎？」

「小諒，小諒，你有帶手機充電器嗎？」

「啊啊，那個喔——」

我還來不及伸手進包包尋找，準備好充電器的那四人就單膝跪地對伏見遞出她想要的東西。

「請使用我的充電器……」

「那傢伙的充電器有異味，最好別用。至於我的這個，充電效果很好喔。」

「公主，如果是我的這款，充電速度可是那傢伙的五倍哩。」

「伏見同學，請把這個充電器當成是我，好好珍惜使用吧。」

伏見因詫異而睜大雙眼，不過很快便開朗地笑道。

「謝謝你們，不過不好意思欠你們人情，我還是借小諒的吧。」

「難道鳥越或其他女生都沒帶充電器嗎？」

「啊……大家的充電器都在給自己的手機充電……我想小諒的手機電量比較充足，應該可以暫時再撐一會吧。」

為啥妳能掌握我的手機電量啊。

大概是因為我平常很少把手機拿出來滑，她才會這麼推測的吧。

「在這裡，拿去。」

我隨手一扔，伏見啪地巧妙接住了。

「接得漂亮。」

「欸嘿嘿，對吧——？」

謝謝囉——伏見這麼說完，便離開我們的房間。

「結果還是借小高的喔……」

「真羨慕耶，感情這麼好……」

「剛才的場面真是太青春了，而我簡直就像純愛漫畫裡的路人甲。」

「就算不是女朋友也沒關係……！只要能跟我曖昧一下——不然至少給我一個交情好的女生朋友也行啊……」

剛才高漲的士氣一瞬間跌落谷底，那四人紛紛露出陰鬱的表情。

……話說回來，你們幾個的充電器跟伏見的手機根本不同規格，就算借了也沒意義吧。

算了算了，懶得理這群人。這時房間裡這幾個失意的傢伙，也開始準備去洗澡了。

「「「我的青梅竹馬啊，妳究竟身在何方……」」」

由於屋內充滿了嘆息，我只好打開窗子透透氣。

過了一會我的手機發出震動，打開確認一下，原來是伏見傳的訊息。

『剛才忘記問了！』

問什麼？

——我正想輸入這句話，馬上又收到下一則訊息。

叮咚——一張圖片跳了出來。

那是伏見穿浴衣的自拍。

『這樣好看嗎？』

我仔細端詳，大概是拍得太倉促的緣故，胸前的衣襟有點打太開了，這讓我不自覺從手機螢幕上別開視線。

「那傢伙……」

我猜，應該不是故意的，而是她的天然呆發作吧……

叮咚——又收到訊息了。我瞇眼觀看手機螢幕，原本應該在最新一則訊息上方的那張照片被刪除了。

『剛才那張也太露了吧——！？！？』

這是我的臺詞才對。

大概是胸部太平了，浴衣領口才容易出現空隙，我心想。

『妳也不一定要穿浴衣，換運動服之類的就好了啊。』

『那樣太沒情調了。』

要什麼情調啊？

『剛才那張！不算！我現在拍張新的！』

『很好看，已經夠好看了。』

『怎麼覺得你在敷衍我！』

砰——她傳來一張氣呼呼的貼圖。

『妳還是趕快去洗澡吧。』

『還要再等一會才輪到女生呀。』

我立刻環顧房間，發現那些室友都已經離開了。

對喔，男女生洗澡的時間是錯開的。

所以他們去澡堂就算豎起耳朵又能聽到誰的嬉鬧聲哩。

『小諒，現在是洗澡的時間囉。』

『我的室友都去了，我還是晚點再偷偷溜去吧。』

『你這個壞孩子！』

根據旅館的網站，澡堂的營業時間是到晚上十一點。所以根本不必趕在規定的十五分鐘內洗完吧？我這麼盤算著。嗯，學校會如此要求，大概是為了防止學生跟其他旅館客人發生糾紛。

乾脆來看電視吧。我瀏覽一眼節目表，但就在這時，房門喀喳一聲打開了。是誰回來拿忘記帶去澡堂的東西吧。

結果我猜錯了。

「我之前不是說過嗎？我並不是什麼乖寶寶……」

喀鏘。

伏見背著手將門鎖上。

她褪去拖鞋，小心翼翼避免踩到鋪好的棉被，最後走到我身邊。

在房內一整排被窩當中，我的領土是位於最靠窗邊的內側。

伏見倏地坐下來，一股莫名的緊張感頓時在房內擴散。

「……不必鎖門吧。」

「因為小諒是壞孩子所以要鎖起來。」

呼呼呼——伏見發出促狹的笑聲。

你在看什麼？她說完，就跟我並肩看起了電視。這是每週固定播出的綜藝節目，但我也沒熱中到每一集都不願錯過的程度，況且我太在意身旁的伏見，根本無法專心觀賞。

趁進廣告的時間，伏見輕戳了我的膝蓋幾下。

「幹麼？」

「你今天不是跟小藍還有小靜合照過嗎？」

「是沒錯。」

「你一定露出一副色瞇瞇的樣子。」

「我才沒有。」

你騙人——這話題明明是伏見起頭的，她卻隨即變得很不悅的樣子。

「只准你跟青梅竹馬拍照~」

「哪有這種規定。」

「你還想要裝進相框裡很寶貝地當裝飾吧！」

天底下應該沒有這種閒人才對。

伏見的臉頰微微變得潮紅，就好像剛洗好澡一樣。

只聽見她冷不防「哼」一聲用鼻子重重噴氣，接著砰地把我使勁撞飛。

「好痛！幹麼啊？」

「地上有鋪棉被所以沒關係——」

我試圖撐起上半身，但因為伏見壓在我身上像是要把我抱住般，我只得再度倒回被窩上。

「伏見？」

「小諒，你那樣子……對每個人都很溫柔，我非常不開心。」

伏見在我胸膛的位置附近，以楚楚可憐的目光朝上凝望我。

「伏見小姐，妳再這樣亂動……浴衣會……」

「稍微敞開有什麼不好嘛。」

好妳個大頭。

那對非常謹小慎微的胸部有兩成都露出來了。

「等我一下唷，嘿咻。」

她鑽進被窩後，把蓋被也蓋到我身上。

「謝啦——不對，妳在幹麼？」

「啊哈哈哈哈。」

嘻嘻——真開心——伏見用食指抹掉眼角溢出的淚水。

她的臉紅到像是剛洗好澡一樣。不過，我們班的女生，洗澡時間應該還沒到吧……

「伏見，妳喝酒喔？」

「……我沒喝。」

……眼神，完全失焦了啊。

「那妳喝了什麼？」

「類似果汁的東西。」

類似果汁就代表並非果汁不是嗎!?

「妳什麼時候喝的？」

應該說是誰灌她喝的，難道是她的室友？

「真是的，這下子事情可大條了啊。」

「跟小諒躺在一起。」

欸嘿嘿——伏見發出痴笑，接著她一個翻身，恰好滾進了我的臂彎中。

「這種事要是被我的室友撞見——」

「所以，剛剛不是鎖門了嗎？」

這下事情可大條了。

外面有吵鬧聲。

「小諒。」

「嗯？……比起那個，外頭好像有人在吵啊——」

「放心啦，放心。因為躲在棉被裡，所以就算有人進來也不會穿幫不會被發現的！」

是嗎？因為躲在棉被裡——不對，最好是啦。被窩又不是什麼四次元口袋。

外面果然有吵鬧聲啊……

正當我的注意力被門外的情況吸走時，伏見瞬間把臉靠過來。

「小諒。」

「什麼？」

「——要跟我，接吻嗎？」

因為吞口水沒吞好，跑進氣管害我激烈咳嗽起來。

「我、我才不要……這種事，要照順序吧……」

「不是明明已經接吻過了嗎？你總是在這種奇怪的地方特別堅持呀。」

伏見用手指，輕戳了我的鼻尖幾下。

喀鏘——

清脆的金屬聲響起，房門打開了。

咦？剛才不是說有鎖門嗎……打開房門的鑰匙——看到了，還擱在電視旁邊啊——

「班長大大，你把門鎖上了不會跑到其他地方去了吧。」

「本來以為你是來洗澡結果也沒在澡堂看到你。」

「真是的，到底上哪去了嘛——」

啊，他們用了旅館的備用鑰匙！是從櫃檯還是哪借來的吧？難怪剛才走廊會那麼吵。

這下糟了。

一旦被人發現我跟伏見在一塊，而且還把房間的門鎖起來，這下跳到黃河都洗不清。

更扯的是還雙雙躺在被窩裡。

「怎麼辦小諒，要被人發現了唷。」

這傢伙在開心什麼啊。

而且這位青梅竹馬醉醺醺的模樣要是被看到了，事情會更難收拾。

只剩下這招了。

我迅速並安靜地打開第一眼看到的壁櫃，將伏見塞進去。

「咦，做什麼——」

「在裡面靜靜待著。」

我立刻鑽回自己的被窩假裝睡覺。

「喂——班長大大……」

「結果是在睡覺喔——」

「難怪不來開門。」

「小高——太陽晒屁股囉——」

出口搖著我的身子試圖把我叫醒。

等下要設法讓大家都離開房間，伏見就能趁機出去了。

只有這個方法。

「……啊，抱歉，我睡死了。」

「你未免也睡太熟了吧——！」

室友們發出非常歡樂的笑聲。

嘶嘶嘶——紙門稍微被拉開，是伏見試圖窺伺房間內的情況。

我馬上跳起身，背對著壁櫃，雙手在後頭強行閉攏紙門。

「人、人家怕黑……」

「忍耐一下。」

「小高，怎麼了嗎？」

「不……沒事。」

我勉強擠出笑容，繼續在房間裡跟室友們閒聊一會，每當後頭發出聲響，我就會誇張地打噴嚏，或是咳嗽，手忙腳亂地掩蓋伏見的存在。

「要、要不要去參觀一下，女生的房間啊，你們覺得……？」

「這、這樣好嗎？做這麼大膽的事。」

「只要不被老師抓到就好囉？」

「那些女生們……一定也很寂寞才對。我想她們巴不得要跟男生一起玩撲克牌。」

到時候被臭罵一頓我可不管喔。

「小高，你也一起去吧。我們可是命運共同體耶，你說對吧？」

竟、竟然想把我完全拖下水。

我們透過謎樣的擊掌動作確認彼此的連帶關係。

「那麼，出發吧——」

眾人臉上掛著凜然之色，只抓起手機魚貫離開房間。身為負責鎖門的人，鑰匙由我攜帶。

當大家在走廊移動時，伏見應該會溜出壁櫃悄悄離開那個房間吧。

我這才鬆了口氣。忍耐，再忍一下，現在是關鍵的最後一步。

「晚安囉——」

只低聲拋下這句，伏見就沿著跟我們相反方向的走廊離開了。

我立刻加緊腳步追上那群室友，但結果我們還是被老師的防禦網擋住了，最後只能邊抱怨邊返回自己的房間。

「只好我們幾個男生玩了。」

出口無奈之下的這句話，我強烈予以同意。

「來吧，大家一起玩。」

由於我的語氣異常堅定，大家都以訝異的表情對看了一眼，接著才被逗樂般笑了起來。

「小高，原來你那麼喜歡玩牌啊——」

「真沒辦法，今天只好陪班長大大玩幾場了。」

其他人也一副求之不得的喜孜孜表情，紛紛點頭答應，於是這場在房間內上演的撲克牌大賽便展開了。

⑪ 男生也會聊戀愛八卦的

跟室友們在房間打牌，氣氛比想像中更熱烈。

從頭到尾都在玩抽鬼牌。

雖然我也覺得很詭異，這個遊戲為什麼老是玩不膩，但只要冷靜思考，理由一下就想通了。

「出完牌的人，就得老實招認想看誰的內褲喔。」

「喂，正常玩法應該是輸的人要接受懲罰吧？」

「有什麼關係嘛，就這麼決定吧。」

「我看是你這傢伙自己想坦白吧。」

就像這樣，大家採取如此莫名其妙的懲罰方式玩牌，甚至打牌打到一半就忍不住討論相關的話題。

「出口，你想看誰的？」

「等我出完牌我自然會說的，你先等著吧。」

「是女生？還是男生？」

「廢話，當然是女生。」

這時，我忍不住在旁吐槽一句。

「看來班長大大也頗喜歡這種話題嘛。」

旁邊那傢伙用手肘輕輕頂了頂我。

「畢竟，要是有人說出男生的名字那誰受得了。」

「就是那樣沒錯。一旦發生那種事，我們這群紳士的氣氛一下就會冷掉囉。」

出口附和地這麼表示。

我從身旁的人那裡抽走牌，湊出一對後丟出來，接著相反一側的人再從我這邊抽牌——

這種大家都非常熟悉的流程不斷進行下去。

「我出完了。」

坐我對面的男生丟出手中最後一對，先是看了我一眼才接著說道。

「雖然在班長大大面前講這個不太好意思——不過我想看伏見同學的內褲，超級想。」

「王道啊，王道。」

「還好啦。」

「算是合理的選擇啦。」

想看伏見的？這麼想嗎……？

遊戲繼續進行下去，我也開始思考自己出完牌時應該要說誰的名字。

「好，我也完了。」

我右邊的男生說道，然後舉出一個社團認識的學姊名字。

「拜託，與其說你想看，不如說你根本就經常偷看到吧。」

「真的假的？」

「是社團活動的時候嗎？」

當大家紛紛質疑時，出口也把牌出完了。

「我嗎……我唯一的選項當然是小若了。」

「「「啊啊啊～！」」」

眾人發出暴風雨般的激烈贊同聲。

這種無聊的話題，我們究竟是在自嗨什麼啊。

剩下我跟另一人單挑，最後鬼牌落在了我手上。

那傢伙舉出了隔壁班一個女生的名字。

誰啊？大家先是露出不解的反應，但聊著聊著，逐漸發出「啊啊，原來是那個女生」，眾人腦中的某張臉孔跟名字結合在一起。

那麼，準備玩下一場吧……

當我把所有牌收起來時，察覺到其他人的視線。

他們都目不轉睛地盯著我這邊。

「小高，照剛才的做法……你應該知道的吧？」

「我才不想知道那種事……」

「班長大大，你不說可是不行的喔。」

室友敲敲我的肩膀。

真、真沒辦法啊。

「……五月的時候，不是有實習老師來嗎？那個教世界史的……星野老師，應該是叫這個名字吧。」

她是來實習一個月左右，負責幫我們上世界史的人。

「唔哇，挑得好耶。」

「是大學生哩～～」

「我們這種只會妄想身邊人物的傢伙，相比之下簡直是小鬼頭嘛。」

「小高……你的眼光挺不賴的嘛。」

我只是想舉出一個不會因此實際受害的對象罷了，為何會被大家瘋狂誇獎啊。

「喂，熄燈時間到囉——」

好像在不知不覺當中已經很晚了，巡房的老師走進來叮嚀道。

我慌忙鑽回自己的被窩，假裝睡覺並等老師離去。

房門發出關上的聲響，整個房間顯得靜悄悄的。

在照明熄滅的一片漆黑當中，不知是誰先笑出聲，我也忍不住跟著笑了。

「喂喂，小高，沒想到你竟然喜歡年紀大的？」

「也不是那樣啦……況且舉出小若老師的出口根本沒資格說我吧。」

「呼呼，也對啦。」

不知為何，我可以明確想像出口正用手指在鼻子下方滑過的得意模樣。

雖說已是熄燈時間，但根本沒人想睡，大家繼續有一搭沒一搭地聊天。

主要是聊戀愛的八卦。

聽了大家的發言內容，我不禁感慨原來男生也喜歡聊這類話題。

內容是從該怎麼邀請女生約會開始，為此如何傳訊息給對方會比較順利等等。

照這種氣氛，我搞不好也可以提一下那件事，而且還不會讓大家發現主角就是我。

「如果突然被女生親了，你們會怎麼辦？」

「那得看是被誰偷襲啊，不過被嚇到是一定的吧……」

有一人這麼說道。

「設定呢？你的人物設定是誰？」

「例如同班的女生，本來交情就很好。」

「如果是我，應該會在意對方在意到死吧。」

啊……

我好像可以理解這種感受。

就像被施了魔法般，我對伏見的在意程度愈發上升。

「我說各位，這可是班長大大很嚴肅的實際煩惱喔。」

這時，又有另一人如此發言。

這麼說是沒錯啦，但如果不否認會很麻煩。

「我只是舉個例子，並不是我真正遇到的煩惱……」

「「「才怪！」」」

眾人異口同聲。

「你以為你用那種方式提出來就不會被抓包嗎？」

「小高，這時候開燈的話就會看到你滿臉通紅囉。」

「你、你們很囉唆耶，對啦沒錯！」

我自暴自棄地招認了，大家頓時肆無忌憚地大笑起來。

「你愛上對方了嗎？」

這八成是出口的聲音吧。

「自從被親以後，我就喜……不，老實說我還是不太確定。」

在漆黑的環境下，很輕易就能吐露內心真實的想法。

「相對地，我還在思考。只是一直思考到了現在依然沒答案。」

都到了這種地步我還裹足不前，正如篠原所說的，我真是個沒意志力又難搞的傢伙。

「應該說我隱約感覺到對方是很認真的，所以我也得認真思考才行吧……」

不知道這種形容方式夠不夠明瞭，但我覺得自己也沒法解釋得更清楚了。

「班長大大，你很成熟喔。」

「……如果是我們，應該會想也不想就上了吧。」

或許那樣比較好——我有時也會這麼想。

「既然無法輕易得出結論，就代表女方對小高而言是個很重要的人，我這麼說對嗎？」

「好吧，應該沒錯。」

「嗯，既然如此，那小高的行為就一點也不奇怪了，認真思考也是好事。」

真是這樣嗎？

「我覺得，那種反應就是一般所說的誠意吧。」

誠意喔。

我以前可是從來沒思考過這一點。

⑫ 旅行第二天

校外教學的第二天，我一爬起床就對茉菜傳來的訊息簡單回覆一句話。

『如何——？玩得開心嗎？』因為內容只有這樣，要回訊也很簡單。

吃完早餐，換好衣服，第二天的行程就展開了。

第二天依然要前往事先安排好的觀光名勝，收集各地點老師所蓋的印章。只要能在時間內集完，不論走哪條路線或增添其他行程都沒關係，因此比起昨天觀光旅遊的樂趣又更勝一籌。

「大家一定要好好遵守規定的時程喔。」

組員在旅館的玄關集合，伏見確認過簡介後這麼表示，看來她似乎打定主意要照表操課了。

「只剩下十分鐘公車就要到站了，大家快過去等吧！」

「就算搭下一班也沒關係吧。」

「不行不行，如果不節省時間，最後就會趕不回來唷。」

行程表也沒有那麼緊湊吧。

「要是待太晚被小流氓纏上了該怎麼辦。」

「未免太杞人憂天了。」

遇到那種事的機率非常低。

「反正只要在規定時間內逛完所有地點就好了吧？姬奈真是認真到食古不化的程度。」

姬嶋這麼說道，她的想法似乎跟我差不多，沒想到還滿隨便的。

「當初 Hina 的行程安排還滿高明的，沒什麼太趕的流程，我覺得多少輕鬆一點應該也無妨。」

「的確是這樣沒錯。」

伏見很自豪地昂首挺胸道。

然而，明明是這麼嚴謹的傢伙，昨晚的疑似飲酒究竟是怎麼回事？

她說那是類似果汁的東西，所以應該不是啤酒，而是雞尾酒或水果氣泡調酒一類的飲料吧。

我很難想像那會是伏見擅自偷帶出來的。

「昨天打牌很開心吧，小高。」

「嗯啊，今天晚上再來玩嗎？」

「下次來玩點不同的遊戲好了。」

這樣也好——我如此應道，這時，聽到我們聊天的伏見也插入對話。

「你們房間晚上在玩牌嗎？」

「對，伏見同學也想玩嗎？」

「如果我說想玩你們就讓我加入嗎？」

「當然沒問題……校外教學如果少了撲克牌，那這段回憶未免太寂寞了。」

我怎麼覺得沒那個閒工夫玩牌的人才算是不虛度啊。

「Hina，妳跑去男生房間老師會生氣喔。」

「偷偷溜進去就沒問題了，放心吧。」

「那我也可以軋一腳嗎？」

姬嶋接著問，由於我們也沒有拒絕的道理就二話不說點頭了。

「既然姬嶋同學也要去的話，那我也可以嗎？」

「儘管來吧。」

看來今晚會是漫長的一夜啊。

伏見就像帶隊的老師一樣，當我們一抵達公車站牌，就翻出筆記上的資料告訴大家待會的目的地及車資。

除了我們以外，還有其他好幾個組也要搭這班車，因此眾人便以伏見和姬嶋為中心，在站牌旁聊了起來。伏見本來就很有人氣，至於姬嶋則是轉學生的身分，對其他組的人來說依舊很稀奇，大家會想要找她們說話也是可以理解的。

理所當然地，我跟鳥越、出口就被排擠在外了。

「喂，鳥越妳們那間的室友，有沒有人居心不良啊？」

「居心不良？那是指什麼？」

「呃，昨晚伏見的樣子很奇怪，差不多就是在男生們的洗澡時間。」

「……是嗎？」

「她好像說她喝了『果汁』。」

「如果是果汁應該還好吧，這有什麼問題嗎？」

看來鳥越好像一無所知。

終於，我們搭上了駛來的公車，在車上搖晃了二十分鐘左右，來到首個目的地──美術館。這裡展示的好像是近代的藝術作品。

在入口前等待的老師交給大家門票，也幫同學在簡介上蓋章。

按照伏見的行動計畫表，這裡預定要待兩小時，但我們只逛了一小時多一點。

我們坐在門廳旁休息區的沙發上稍微喘口氣。

「該怎麼說……這、這也太新潮了吧？」

關於展示品，伏見語帶保留地述說感想。她臉上的笑容比平常僵硬許多。

「是啊，嗯，沒錯。逛了一圈以後我也覺得。」

結果，出口也有相同的看法。

至於我，則是根本看不懂。況且現代藝術我也是第一次欣賞，根本全都是一些會讓人目瞪口呆的玩意。

「那個到底是什麼啊，不就是把一些雜七雜八的東西堆在一起嗎？」

姬嶋毫不客氣地說出內心想法。

這樣不就把剛才伏見的婉轉說法完全拆穿了嗎？

話說回來，姬嶋先前也只是對所有展示品迅速瞥過一眼，以飛快的速度逛完所有展區。

「其實，那些藝術品好像也有許多不同的流派喔？有些是受到別人啟發，然後再自行加工創造而成。」

對此看得最有興致的人是鳥越，她似乎覺得頗為有趣的樣子。

「我只能確定一點，這不是給外行人欣賞的。」

因為我完全能體會姬嶋的心情，所以忍不住多點了幾下頭。

由於伏見吵著大家都沒拍合照，便拜託入口的老師幫忙喀嚓了一下。

「爽耶……這下可以湊齊一本賞心悅目的相簿了。」

出口不知在妄想什麼，只見他感動得緊閉上雙眼。

「不過是照片罷了。」

我這麼說道，出口彷彿很不願苟同地搖著食指。

「太嫩了，小高，你一點都不懂啊。想跟女生合照這件事，由我們男生是很難啟齒的。『那傢伙是不是想追我啊？』如果對方因此提高警戒，那不就太不痛快了嗎？」

「有這種女生嗎？」

「當然有囉，尤其是那些條件不上不下的女生最會這套了。」

對於出口的意見，我只能露出「是嗎？」的狐疑反應。接著我便把話題拋給應該也有聽到對話的那兩位青梅竹馬。

「伏見跟姬嶋，妳們認為呢？」

「「不，完全沒那回事。」」

「小高，你問食物鏈頂點的人當然會得到這種答案囉。」

於是我又把問題丟給應該不是食物鏈頂點的鳥越，她便開口低聲說道。

「我嗎……那個……應該會有點懷疑吧。可、可能會很在意這件事，或許，也會，有些期待……」

「鳥越同學我們來合照吧！」

「沒機會了，別想。你的臉上根本完全顯示出你內心的下流念頭。」

「怎麼會──這樣嘛。」

出口很懊悔般仰天長嘆。

「出口剛才說『尤其是那些條件不上不下的女生』，但鳥越可不是不上不下喔。」

「啊……嗯……謝謝。」

我想出口說那些話也沒惡意，於是便幫他打圓場。

休息時間結束，我們徒步前往下一個目的地——日式庭園。那個景點似乎非常有名，在移動途中伏見替大家解說。

「伏見同學，妳真的很優秀耶。」

「哪裡~我只是稍微調查過而已。」

出口跟伏見走在前面，我跟鳥越則在後頭跟著。至於姬嶋則是位於隊伍的最後。

「昨天晚上，鳥越妳們的房間有發生什麼事嗎？」

「沒有呀……不過真要說起來也算有吧。」

「什麼？」

「聊無關緊要的戀愛八卦，還有大家一起分享果汁跟點心。」

要說什麼才是校外教學會做的事，那就是她說的那些了。

「好比誰喜歡誰，要每個人從實招來之類？」

「——也有些女生這麼做，不過，我沒有。」

「妳沒有？」

「嗯。」

是說，鳥越也不像那種參加這種閒聊會主動公開心事的類型，我不禁想像著當時的場面。

鳥越露出什麼話也不說，一副安靜聆聽的樣子。

「妳也想公布嗎？」

「咦？」

我猜不出她的想法便故意反問道，臉上還露出不懷好意的笑容。

「我已經被拒絕了，不過我還是喜歡著那個人。」

由於她說話時目不轉睛地直直凝視我，害我不知道該怎麼回答才好。

「我不會公布的，對任何人。大概頂多只會告訴小美吧。」

她跟篠原的交情真好啊。

拋下這番話後，鳥越便放慢步調開始跟姬嶋並肩而行。

抵達那座似乎很有名的庭園，位於現場的老師又給我們蓋了章，接著大家便自由散步。

這時已到了午餐時間，這部分也是由各組自行安排，我們去了庭園內氣氛不凡的長屋飲食店吃蕎麥麵。

不過像這種場合，我認為可以快速解決的速食最為理想，對錢包的傷害也小一點。

我如此嘀咕了一句，伏見立刻露出頗無奈的表情。

「小諒真是一點情調都沒有哩——」

「伏見又懂得什麼叫情調嗎？」

「在這種充滿和風的景點，當然要吃和風的美食囉。」

妳這種情調也未免太廉價了吧。

離開飲食店，伏見以深深被打動的表情說。

「天婦羅蕎麥麵，真是太風雅了。」

她絕對不懂什麼叫風雅吧。附帶一提，我吃的是豆皮蕎麥麵。

「抹茶霜淇淋感覺也很應景。」

「沒錯，這就是情調。」

鳥越買了抹茶霜淇淋，還分給姬嶋嘗了一口。

所以妳們只是想強調自己很懂情調吧。

結果，我們在這座日式庭園花了相當多的時間。原因是，伏見跟出口每到一處都想拍照留念之故。

有老師在的蓋章點，還有庭園附近的古城公園與市場兩處。

所謂的古城公園，跟庭園大同小異（至少就我看來），只要蓋完章就可以搭公車動身前往下一處的市場了。

我們五人占據了公車的最後一排。一邊遠眺車窗外的景致，姬嶋一邊喃喃說道。

「這種不知名的城鎮真不錯。」

「充滿情調呢。」

「對呀。」

「伏見同學，抹茶口味的零食也有情調嗎？」

「NO情調。」

「是喔～」

情調已經逐漸變成只在我們這組通用的流行語了。

抵達距市場最近的一站下車，發現老師——其實就是本班班導小若，請她幫忙蓋章。

由於昨天夜裡，出口說了奇怪的話，我有一瞬間對老師非常在意，這種反應也不能怪我吧。

「班長們的組進度很快嘛。時間還剩下兩小時左右，可不要玩得太瘋了喔？尤其是出口。」

「唔耶，只點名我嗎？」

「包括高森在內的四個應該不會亂搞吧。」

「老師，您竟然只對我如此特別看待……」

「是負面的角度喔。」

我猜自己八成也跟出口一樣，被老師盯上了吧。

這座魚市場已改建為拱廊商店街，販售著各式各樣的海鮮。

「小諒，看那個，那個！好像很好吃的樣子！」

伏見的情緒突然激動起來，拖著我的手臂不停往前衝。我本來以為她發現了什麼山珍海味，結果只是奶油烤扇貝。一份售價五百元，價位還算可接受吧……

不過看起來的確誘人，我忍不住跟著伏見買了，接著所有人都被我們影響也買了。

「好吃。」

我們邊吃邊走，這時出口朝商店街的入口處略略轉過頭。

「小若老師果然很讚啊。」

「我不是不同意你，但具體來說是哪個部分？」

「二十九歲，英語教師……總覺得很誘人吧？」

「是嗎？」

「雖然不算可愛或漂亮，只能歸類中等長相，但就是這點更棒。」

「小若，有個寂寞的學生在等妳喔。」

「我買一份扇貝請老師吃好了。」

於是出口離隊，又買了一份剛才的奶油烤扇貝，回頭朝來時的路線走去。

「感覺出口同學他，只要是女的誰都好吧。」

鳥越說得太露骨了，害我一下子無法為出口辯護。

「所謂男生，不就是這種生物嗎？」

姬嶋以一副很懂的態度評論道，還聳了聳肩。

「小藍，但我覺得小諒不是那種人。」

「諒也一樣啦。只要掀開那層表皮，男生大抵上都是差不多的東西。」

「我就說他不是了嘛。」

「只有姬奈這麼認為吧？我在那方面並沒有潔癖，所以不至於為此震驚或大受打擊。」

「咦——所以那又怎麼樣？」

「……」

姬嶋挑起眉，感覺就快響起怒氣的爆發聲了。

啊——這下子會沒完沒了。而且一旦介入調停絕對會受池魚之殃。

伏見會像這樣出言挑釁，果然只有當對方是姬嶋的時候啊。

「看樣子她們兩個好像玩得很開心，那我們要不要先走？」

「是啊，我贊成。」

啊，對喔，已經事先約好要跟鳥越一起去購物了。

「Hina 跟姬嶋同學一直都是那樣嗎？」

「也不是每次，但只要有導火線就容易引發摩擦。」

「她們的感情真好呢。」

「只是認識很久而已吧。」

這麼說來——我把話題稍微往前拉。

「伏見昨晚，是不是喝了什麼奇怪的玩意？」

「至少就我昨天的觀察，只有普通的果汁而已……不過，大家在聊戀愛八卦時她的情緒異常亢奮，還有一陣子離開房間。」

啊……她就是趁那個時機跑來我房間的吧。

所以說，伏見所喝的，並不是類似果汁的玩意，就是普通的果汁而已。

但她看起來卻像喝醉酒一樣，正如鳥越所言情緒莫名激昂。或許這就是所謂的因氣氛而陶醉吧。

「你等下要買紀念品給妹妹吧？」

「當然囉。」

畢竟對三餐的品質有影響啊。

「我也買一份送她，你可以幫忙轉交嗎？」

「好啊，茉菜一定會很高興的。」

「高森同學，你跟令妹的感情也很好呢。我們家四個兄弟姊妹，我是年紀最大的，很多事都很累人。」

原來鳥越是長女啊。不知為何，我以前總認為她是獨生女。

她底下有三個——兩個弟弟跟一個妹妹。因為雙親都在上班回家總是很晚，家務幾乎都是由她負責的樣子。

「……還真賢慧呢。」

「其實我是不太想說這些的，所以請不要再提了。」

「不想說這些？」

「嗯，我這個人，除了看起來寒酸外，再加上這種家庭背景，搞不好會有人覺得我是很可憐、被虐待的孩子。」

是指個性安靜，為了弟弟妹妹們忙於家事……這部分嗎？

「女生那邊的看法我是不太瞭解啦，不過就男生看來妳這樣可是很高分。」

就如同茉菜雖是辣妹，但對所有家務都很拿手一樣。

「真的嗎？」

「嗯。」

「如果不是指所有男生，而是以高森同學個人的觀點呢？」

「意外有一種落差感吧？當然我是指正面的意思。」

「既然那樣我就放心了。」

雖說是要買紀念品，但我能送的對象只有母親跟茉菜而已，根本花不了多少時間。

鳥越也買好了什麼返回這邊。

「那個……請拿去。」

她將一個可以平放在手掌上的紙袋遞過來。

「啊啊，是要給茉菜的嗎？」

「不是……是送給高森同學。」

「耶？送給我？」

「同樣的東西，我也，買了……所以，就算你不使用也沒關係，只希望，你能收下。」

鳥越吞吞吐吐地說道，然後又補了句「就、就是這個」，並把她買給自己的那份給我看。

原來是方便收納整理鑰匙的鑰匙圈啊。

「謝謝，我會好好使用的。」

「嗯。」

這麼一來，我也得回禮才行了。當我這麼思索時，鳥越好像看穿我的想法，慌忙阻止道。

「不不不不、不必特地幫我買禮物沒關係。這是我擅自要送給你的。」

是嗎？我不解地歪著腦袋。單方面收對方的禮物總覺得過意不去，於是我直接問她想要什麼。

「既然你那麼想回禮的話，不如請我喝果汁吧。」

「那樣夠嗎？」

「對我來說很夠了。」

鳥越這麼答道並露出淺淺的微笑。

雖說還是無法釋懷，但我仍對販賣機投入硬幣，選了她喜歡的果汁給她。

被我請飲料的鳥越，似乎很寶貝地將果汁收入包包中。

「我們跟伏見她們走散了啊。」

「是呀。」

由於我之前就跟鳥越約好要一起逛紀念品店了，所以並沒有去找那兩人。

姬嶋是個獨立可靠的人，就算放著不管也沒關係吧。

因此除了選購要給茉菜的禮物，我們又逛了整座市場。

至於鳥越，看起來並沒有特別興奮，當然也沒有陰鬱的樣子，就是照平常的態度對待我。

沒必要特地去思索聊天的話題，兩人即使不說什麼也不會感到尷尬，對我而言這可是非常輕鬆的一種狀態。

我迅速瞥了一眼小若所在的方向，出口還在老師那邊，不知正聊著什麼。

「你也有過憧憬年長女性的經驗嗎？」

跟我看同一個方向的鳥越這麼問道。

「該怎麼說呢，我並沒有什麼特別的感覺吧。」

雖說她們具備同年紀女生所欠缺的魅力，但我又不是覺得同年紀女生毫無吸引力，況且我也沒跟年長女性熟到會想追求她們的程度。

「是喔。聽說男生基本上都有戀母情結，因此只要是那種能散發出母性光輝的人，就會像捕蛾燈一樣吸引一大群男生。」

「感覺妳使用的比喻好像隱含惡意耶，鳥越小姐。」

「有嗎？」

那隻被捕蛾燈吸去的出口飛蛾，正跟小若開心地聊著天。小若大概也覺得在那邊等蓋章很閒吧，所以才會覺得出口是合適的閒聊對象。

「我以為，高森同學會喜歡像令妹一樣的女孩子。」

剛剛才說男生都有戀母情結，怎麼現在理論又變成我會喜歡我妹那種女生了，不過仔細回想，茉菜的確充滿了母性。她跟母親一樣嚴厲，但又很能幹地照料我的生活起居，煮出的料理還很好吃。

嗯？所以我是妹控嗎？

「可能多少有點妹控的成分吧，但說起戀愛對象那又另當別論了。」

我們在雜亂無章的市場漫步，找到一個沒人使用的飲食區座位逕自坐下。

「……高森同學的戀愛對象究竟是在哪個範圍內？」

又是一個有點難回答的問題啊。

其實，我好像從來沒好好思考過這點。

「這個嘛……包括茉菜在內的家人或是有血緣關係的當然要先屏除，年紀差太多的也一樣。如果比我大……兩、三歲以內應該可以接受。」

「這個答案很普通嘛。」

「對吧。」

鳥越開始小口啜飲起我請的果汁。

反正時間還很充裕，就暫時讓她悠哉地把飲料享用完吧。

⑬朋友與罪惡感

◆伏見姬奈◆

「他們兩個，在那邊耶。」

順著小藍所指的方向，可以看到小諒跟小靜坐在一塊。

方才我跟小藍引發小爭執時，沒注意到這兩人上哪去了，現在才終於找到他們。

「過去會合吧。」

我扯了扯正打算走過去的小藍手臂。「喂，小藍，妳要不要先買土產？」

「等跟他們會合再去買吧？」小藍似乎覺得很不可思議地微微歪著頭，而我正指往與那兩人所在位置的反方向。

「那邊，有賣感覺很下飯的佃煮（註4）耶——」

註4 佃煮是日本一種傳統的佐飯配料。

「妳到底想上哪去啊？」

我拖著她走沒幾步路，就被她甩開手臂。

「就說了要買土產呀。」

「……」

小藍好像在觀察什麼似的，對我死命盯著瞧。

「妳是不想打擾那兩人單獨相處嗎？」

「也不是那樣啦。」

其實就是。

我儘管口頭上否定，但卻完全被小藍料中了。

「……啊啊，是嗎？原來妳支持靜香同學跟諒在一起啊。」

「並不是那樣……或許吧。」

「妳到底想怎樣？」

小藍的言行舉止理直氣壯，沒有半點虛偽矯飾完全是直球對決。

她雖然沒親口說過，但她就是喜歡小諒，為此她努力吸引對方的注意力，還拚命縮短雙方的距離希望能建立深厚的感情。

「雖然我不想禮讓她，但也不願妨礙她……大概就是這種感覺。」

我忍不住吐露了真心話。

小靜是我的好朋友，雖然不清楚關於這件事她是怎麼想的，但不論發生了什麼，或結果如何，我都不希望改變跟小靜之間的友誼。

正因如此，我使用投機取巧的手段後，那種良心不安化為罪惡感，對我發出譴責。

為了使猶豫不決的小諒，能將意識全放在我身上，我用偷襲的方式強行吻了他。

當初聽說他跟篠原同學交往過，可能是我內心深處湧出一股焦慮，才會這麼做吧。

我半強迫吻了自己喜歡的人。

那起事件我並非被害者，也不是出於現場情勢或氣氛自然導向的結果。

更麻煩的是，我喜歡的那個人，也是小靜喜歡的對象。

「硬是要裝乖，最後只能自己一個人躲起來偷哭。姬奈屆時難道不後悔？」

「我不是說了我不會那樣嗎？我想要公平競爭，不留下任何怨恨。」

但我感覺自己先打破了所謂的公平競爭。當初真的很猶豫，懷疑是否應該要跟小靜同組。昨天夜裡，我甚至還一時失控……

所以關於剛才他們坐在一起的事，就假裝沒看見吧，我希望從明天開始又可以恢復所謂的公平競爭。

「公平？這是什麼孩子氣的話。」

小藍似乎很無奈地皺起眉。

「別胡言亂語了，這種事，本來就不可能辦到嘛。喜歡的人被搶走一定會憎恨對方，而自己無法跟喜歡的人在一起也只會感到難過，道理就是這麼單純。」

小藍說出一番跟小靜觀點截然不同的大道理。

「妳是害怕被靜香同學討厭喔？」

雖然小藍所言不算全對，但我可以理解她想表達的意思。

反正我知道一直有人在背後說我壞話，甚至還有當面批評我的例子，這些我早就習以為常。

會習慣才怪哩。

類似的事經常發生，不是只針對我而已，我也經常目睹有人在背後說他人閒話。所謂的學校，其實就是這種地方。

自從理解這點後，就算別人說我什麼，我也不在乎了。

然而，小靜跟其他同學不同。

她對我坦誠相待，還能和我討論我對任何人都沒提過的閱讀嗜好。學校的其他人，根本無法與她比擬，她在我心中就是這麼有分量的存在。

正因如此，她對我的重要性幾乎不下於小諒。

「我這個人，並不像小藍那麼堅強，即便我之後可能會躲起來哭——但要是小諒喜歡上我以外的其他人，我還是想為他們加油打氣。」

「這叫偽善吧，妳當然希望對方會選擇自己。」

這麼說是沒錯……

會把這種臺詞直截了當說出來的小藍，果然是耿直無比。

如果繼續討論下去，可能又要吵起來。

「總之，我想讓他們再稍微單獨相處一會。」

「我並沒有義務聽從姬奈的話……不過也罷，這回就姑且聽妳的吧。」

小藍好像很不服氣，用指尖撥了撥秀髮。她連這種小動作都美得像一幅畫。

我把話題切換到要給誰買土產，以及買什麼當土產之上，繼續跟她在市場裡逛著。

「鑰匙包……？感覺很不錯耶。」

我對手上拿著那個正準備去結帳的小藍如此說道。

不過，那是要給誰的啊，感覺並非可愛風格的商品。

「這是要送給諒的。」

「唔唔唔？」

「不賴吧。收禮物的人就算用不著也不會覺得這種東西礙事。」

小藍這傢伙，還真是毫無破綻呀。我也該買些什麼送小諒才行。

此外，她認定自己買的東西絕不會讓對方感到礙事，這種強大的自信究竟是從哪裡冒出來的。

或許是因為，她早就知道小諒手邊並沒有鑰匙包這件物品吧。

「該買什麼才好呢——」

正當我像這樣，對陳列的大量商品四處掃視時，突然有人開口對我攀談。

「不好意思，想請問一下去車站該怎麼走？」

對方露出好像很失禮的表情，是一個看似二十歲左右的哥哥。

「咦？呃，只要用手機應該就可以查出來了吧。」

「現在剛好手機沒電了。」

是喔，那就沒辦法了。這個人也是觀光客吧？

妳是出來校外教學的嗎？耶原來如此啊——像這樣跟對方聊了幾句後，我把用手機查出來的路線展示給對方看。

「唔唔，還是有點不懂耶……真抱歉，可以請妳帶我去嗎？」

大哥哥頗為困窘地笑道。

「啊……那麼，就陪你走一段路吧。」

我們穿越市場來到大馬路上。

就在這時，突然有人從背後用力揪住我的肩膀。

我嚇得回頭一看，眼前的人是小諒。

「小諒？怎麼了嗎？」

「這個人是誰？」

大哥哥也迅速回過頭對小諒瞥了一眼。

「他好像不知道該怎麼去車站，所以我就稍微帶路……」

「已——已經不用了，非常感謝！」

那個人說完就加快腳步離去。

唉——小諒這時才重重嘆了口氣。

「妳這傢伙啊……」

他把雙手擱在我的肩上，再度深深嘆息道。

「怎麼了嗎？」

「太扯了吧。」

小諒放在我肩上的雙手，傳來了些許暖意，然而即便如此，他的手卻有些顫抖。

「沒有人教過妳，不可以跟陌生人一起走嗎？」

「與其說跟他走，不如說只是幫他帶路而已唷？」

「剛才那個人，很明顯有問題吧，難道自己沒帶手機嗎？」

「他說電池沒電了。」

「為什麼路上這麼多行人，他偏偏不找本地人，要找一個來外地校外教學的高中生帶路哩？」

……這麼說的確有道理。

「那傢伙企圖利用妳的親切，其實只是想打歪主意罷了。」

小諒對大哥哥逃走的方向翻了一個白眼。

那之後，小諒又把剛才的事有什麼可疑之處詳細告訴我。

例如想去車站的話大可搭計程車，假使身上沒錢可以請教司機，或搭乘開往車站的公車等等。

自己那麼輕易就受陌生人擺布，讓我愈發感到羞愧起來。

「幸好沒出什麼意外。不過，剛才那傢伙要是有什麼同夥冒出來那可就麻煩了，害我緊張了一下……」

走吧——小諒打算往市場的方向回去。

「那個，為什麼？」

「什麼為什麼？」

「你剛才不是跟小靜在一塊嗎？」

「啊……我只是恰好出來找廁所，然後就撞見妳。」

姬嶋那傢伙怎麼偏偏這時候不見人影——小諒就像在埋怨一樣，邊嘆氣邊說道。

「難不成，我剛才太輕率了？」

「不是什麼難不成，妳已經榮獲年度最輕率獎。」

「原來我得獎了呀～」

——怎麼辦……我好開心……

「真抱歉讓你擔心了。」

「沒關係，不必放在心上啦……我只不過是討厭當下覺得『應該不要緊』就沒採取行動，最後鑄成大錯的後悔結局罷了。」

我最討厭事後後悔了——

不知為何，小諒說上述話的時候猛搔著頭，也沒有看我這邊。

「我並沒有那麼喜歡自己的個性，甚至該說，還有點討厭。不過，如果再多幾個自我厭惡的理由那我可受不了。」

小諒表示，他並非為了我，完全是為了自己的心情才那麼做的。

不過我很快就看穿，那只是他為了掩飾害羞在鬼扯而已。

況且，就我的角度，不論他是抱持什麼理由都無妨。

「伏見，妳平常雖然既認真又優秀，但在這種奇怪的地方卻少根筋啊。」

欸嘿嘿——我嘴角的肌肉不禁鬆弛開來。

「您對我相當瞭解嘛。」

「姬嶋她，上哪去了？拜託妳們不要走散好嗎？真是的。」

「小諒。」

「嗯──？」

小諒想要繼續往前走，我卻抓著他的手強迫他留在原地。

我的耳際開始響起心跳聲，而且越來越清晰響亮。

我深呼吸一口氣再吐出來，然後又重複一遍上述動作，這樣才能像小藍一樣將心裡的話直接說出來。

「……小、小諒，不管你喜歡自己的個性，還是討厭……我都一樣喜歡你唷，因為這就是小諒嘛。」

感覺臉頰好燙，膝蓋也稍稍顫抖。

跟小諒的回憶就像走馬燈一樣在腦中閃過，我還以為自己快死了呢。

與、與其做出隨便敷衍的微妙反應，不如爽快一點直接拒絕我吧──

「嗯，謝謝。」

哎呀，結果我竟然猜錯了。

面對面直接將心聲告訴對方，這或許還是第一次。

唔唔……可惜小諒本人，一副嚇傻的樣子，好像連我說的那個「喜歡」是什麼意思都不懂。

難道是因為剛才話題的流向，不太像是要告白的樣子嗎……？

「我們走吧。」

很有可能……畢竟他的態度太過稀鬆平常了。

小諒大概誤以為，因為他剛才說了些自卑的話，我才刻意那麼表示以便鼓勵他。

討——討厭，我快翻白眼了。

「喂、喂，伏見!?妳的眼皮在痙攣耶，還好吧!?」

一點都不好！

剛才人家可是緊張到心臟快從嘴裡跳出來、雙腿直發抖，腦中還出現走馬燈以為自己快死掉的程度耶！

「真是的！你最討厭了！」

啪啪啪——我氣得拍打小諒。

「幹、幹麼啊？突然動手打我。」

「全都是小諒不好！」

「我才不想被年度最輕率獎的得主這麼說。」

「氣死人啦啊啊啊～～！」

既然這樣，直到他理解我的心意為止，我都要不斷說出自己的想法。下次製造一個比較像是正式告白的環境跟氣氛好了。

我用小諒無法察覺的力道，輕巧地捏著他的衣袖。

……真是的，怎麼會這麼遲鈍。

⑭ 團體活動中容易發生的事件

我帶伏見返回原本的市場，姬嶋跟鳥越都在那邊等我們。
「差不多到該回去的時間了。」
伏見這麼一說，姬嶋便問。
「姬奈，妳剛才上哪去了？我只是稍微一個不留神，妳就趁機溜走——」
姬嶋還想說下去，卻被鳥越打斷。
「喝嗯！」
鳥越「啪」地用手刀打了伏見的腦袋一下。
「好痛!?幹麼打人啦!?」
「因為妳跟可疑的男生走。」
「啊……啊哈哈……竟然被看見了。」
伏見很尷尬地發出苦笑。
「高森同學發現這件事，才慌忙追上去……幸好妳總算平安回來了真是萬幸。」

鳥越這時稍微朝我瞥了一眼。

「害我擔心。」

「真對不起，小靜。」

伏見緊抱著鳥越，還在她背上摩挲加以安撫。

「乍看下，我還無法理解那是什麼情況。不過，一想到那搞不好是可疑的傢伙，我就突然害怕起來，想馬上去報告老師，結果高森同學率先追了上去……」

鳥越一口氣將全部情形說明一遍。

「小諒，你之前不是說要上廁所？」

「剛剛那條大馬路的對面就有了。」

應該吧。

「謝謝你囉，小諒。」

被對方當著面道謝果然還是很不好意思，我只好撇開頭，隨口說了句「哪裡」。

大概是我的嘴角不小心掀起來了吧，姬嶋發出「呼嗯」的狐疑聲湊過來端詳。

「趁我不在的時候竟然還發生了這種事？」

「還不是因為姬嶋沒把伏見盯牢的緣故。」

「為什麼最後會變成我的錯啊。」

玩笑話玩笑話——我這麼笑道並聳聳肩。

「反正，你剛才一定是嚇得全身都在發抖吧。」

為什麼姬嶋會知道啊。

「不過那也沒關係啦，你那種表現，反而可以證明你是絞盡了全身的勇氣，對吧？」

說得我好像是什麼不習慣打架的小癟三一樣，拜託別再用那種形容方式了。

不過她說得也沒錯，所以我一點回嘴的立場都沒有。

「要求青梅竹馬扮演王子或騎士的角色太強人所難了。不只是我，當然姬奈也是如此。」

所以這樣也好——姬嶋又說道。

「我們去找出口同學會合，一起回旅館吧。現在回去時間剛好。」

你跟小若聊那麼久都聊些什麼？在回旅館的公車上，我對鄰座的出口試著問道。

「哈，就是一些很普通的閒話家常而已囉？經過這次經驗，我確定自己對成年女人也不算完全沒機會了。」

為何他一副自信滿滿的模樣？是說，後來中途跑來個男老師，出口就變成電燈泡了。

「那傢伙說著『要不要一起逛市場——？』簡直渾身都散發出想要把小若的味

道，所以我才吃了秤砣鐵了心，就是要賴在那邊不走。」

別跟男老師爭風吃醋好嗎？

「搞不好，我真的愛上小若了。」

「喔喔，這麼輕易就……」

「畢竟一起聊天很開心，感覺小若也一副暗爽的樣子。」

是喔，原來出口喜歡一個女性的基準，是放在這點上。

「如果我向她告白應該有一點機會吧。」

「絕對沒有。」

根據茉菜所言，師生戀這種少女漫畫裡並不稀奇的題材，在現實中會出現的機率頂多僅有幾%左右。

果然，還是行不通啊——出口聽了我的看法後大失所望，只能快速翻閱著手中那份簡介。

「小若她，不知道幾點會去洗澡。」

「你又在動這種歪……」

「我只是想跟剛洗好澡出來的小若聊聊天罷了。」

還真純情啊。

「小高，我聽謠言說，好像有人在這兩天告白了。」

「也不必挑校外教學這時候吧。」

「就是因為校外教學才好啊。該怎麼說，時機？或者契機？大家都想遇到這種千載難逢的機會啊。」

就像在情人節這個日子，也會有很多人想表達心意。要對心上人吐露衷曲，校外教學搞不好正是個機會。

原來如此啊，我不禁修正了剛才的想法。

返回旅館後，等到晚上六點眾人去食堂吃晚餐。用餐途中，老師公開提起昨天發生的擅闖女生房間未遂事件，還要求大家自我警惕。

「只說不准去女生的房間，那去老師的房間可以嗎？」

出口，別說這種像是一休和尚的臺詞好嗎？你昨天才被老師修理過就不能反省一下嗎？

晚餐吃完，大家就返回各自的房間自由行動。

室友們紛紛聊起今天白天的旅遊經過，最後有人提到「班長大大如何？」並把話題拋過來，我只好以補充出口沒說清楚的角度隨便講了幾句。

大家以電視節目為背景音樂玩起撲克牌，由於螢幕上剛好出現某人喜歡的偶像，那傢伙便以此為發端開口道。

「……姬嶋同學的那個傳聞，是真的嗎？」

怎麼看都像是對我問的，我只好搖搖頭。

「天曉得啊，我是沒聽她提過啦。」

「如果真是那樣，我總覺得可以接受。」

有位室友之前沒聽說過這個傳聞，因此以那傢伙的追問為契機，另一個知道這件事的人開始說明謠傳的內容。

「啊，難不成，是這個……？」

在網路上搜索好像一下就能找到了。室友給大家看的手機畫面上，顯示著那個偶像團體的討論區，以及團體成員「藍華」的子討論區。

原來真有那麼回事。

我沒有窺伺姬嶋過去的意圖，所以一直沒去查這些資料。

「因健康問題而停止活動，接著，就退團了。偶像事業本身也暫時停止……幾乎所有人都在上面留言說她引退了。」

「果然……是被潛規則了吧，演藝圈經常發生這種事。」

除了說這句話的傢伙，所有人都陷入沉默。

我猜，他們都在妄想同一件事。

「這種事，不是類似都市傳說一樣不可信嗎？」

因為誰都不開口，我只好率先否定。

「大概吧——」有人模稜兩可地應了一句。

姬嶋的話題到此結束，接著話鋒轉向了我的另一位青梅竹馬身上。

「剛才我走出食堂的時候，看到伏見同學在跟A組的某人說話，我想一定是那個吧。」

「那個是指什麼？」

「就是有人要把她叫出去啊。」

啪啪——出口拍了拍我的肩膀。

「你看——小高，我就說吧？校外教學一定會有人企圖告白，大家不愁沒熱鬧可看。」

「只是找她說話而已，也不見得就是告白吧。」

這麼說也有道理——本來以為這個話題會就此結束，但有一位室友眺望窗外，突然高聲喊道。

「啊——那邊，大家看那邊，那個不就是了嗎！」

由於他異常激動，所有人都擠到窗邊去看。

「哪邊？」「看，那邊啊就在那邊！」「啊，真的。」「是A組的人嗎？」「對方是伏見同學？」「好像是喔。」

伏見正被某人告白（疑似）的狀況，其實並沒有那麼稀奇。

「小高，你快過去吧。」

「咦？為什麼？那樣會打擾對方吧。」

「不就是要打擾對方嗎？」

「咦？嘎？」

「要是他們真的在一起了，你怎麼辦——！」

「就算我去打斷他們，他們會不會交往也不是我能控制的吧。」

「現在不需要你這種故作冷靜的吐槽啦。我們的公主伏見同學就快被……！她總是平等地對所有人都展露笑容耶！一旦她交上了男朋友，大家一定會沮喪萬分的！」

「關我屁事！」

「小高，GO——！」

我是去接飛盤的狗嗎？

由於不只是出口，其他室友也紛紛催促我行動，我只得被迫離開房間。

其實也有可能不是告白，總之我還是靠近到可以聽清楚他們說話內容的地方吧。

一旦確認不是告白，獲悉真相的室友們一定會覺得自己白忙一場，紛紛抱怨起「搞什麼啊，那傢伙——」這樣的結果我都可以預料到了。

……不過，倘若正如大家所擔憂的那樣——

啪噠啪噠——我腳底下那雙旅館內使用的拖鞋，發出了頻率更高的聲響。

他們所在的位置，是位於旅館後方的停車場。

這個寬廣的空間大約可停三十輛左右的車，那一對男女我遠遠就能望見了。

伏見穿著學校規定在旅館內要換上的運動裝，另一個人則是別班的男生。

如果只是單純說幾句話，應該不必大老遠跑來這裡，對吧……

我本來以為可以向室友們報告「是你們搞錯了——」但事情看來無法盡如人意。

在月色變得黯淡、毫無人跡的停車場中，四周安靜到任何聲音都能聽得很清楚。

不過，我目前還是無法完全聽見他們在說些什麼。

於是我透過停車場的車輛掩護，悄悄逼近他們那邊。

雖說室友們叫我出手妨礙，但這種氣氛哪容得了我行動，光聽他們的語調我就能判斷出這點了。

「去年校慶的時候，我們不是還同班，為了咖啡廳的攤位一起做了許多準備嗎？」

「嗯。」

感覺伏見已經完全看穿對方的意圖了，但她並沒有顯露出焦躁的樣子，只是靜待對方繼續說下去。

「就是從那時候開始，我喜、喜歡上……妳了。」

男生吞吞吐吐地又重新說了一遍，可以明顯感受到他內心的緊張。

「所以，請跟我，交往。」

我雖然曾在事後聽聞過別人轉述的告白場景，但直接在現場即時觀看的經驗這畢竟還是第一次。

過了一會才聽到回應。

「謝謝你，你的好意讓我很開心，不過抱歉。」

我又聽見了嘆息聲。

果然是這個答案啊——那聲嘆息中，似乎充滿了上述這種早已料到的氣氛。

不知對方是什麼樣的男生，我悄悄探出頭加以確認，結果是參加籃球隊或其他什麼運動社團的人，去年也跟我同班。那傢伙的長相陽光開朗，外貌要說是帥哥也不為過。

伏見總是在拒絕別人。在此之前這是她一貫的回應，這回看來也不例外。

不過我卻沒聽說過她用來拒絕他人的理由。

「可以告訴我嗎？為什麼妳不答應？」

「因為我在等待某個人愛上我。」

「是指妳喜歡的對象嗎？」

「嗯，沒錯。」

「不是因為比起男生，妳更喜歡女生吧？」

「不，我喜歡的對象是男生唷。」

我背靠著輪胎一屁股坐在地上。

果然，即便結局相同，事後報告跟現場直播的震撼感還是天差地別。

剛才我莫名其妙緊張起來，現在才驚覺自己大大鬆了口氣。

「……」

要是伏見真的跟某人交往了，我跟她過往的關係勢必會發生變化吧，就連一起上下學這種事都不再被容許了。

我之所以會鬆了口氣，大概是因為我討厭那種變化的緣故。

升上高二後，我跟伏見恢復了小時候的關係，而我也逐漸喜歡上這樣的現況。要不是如此，我也不會每天都跟她一起上下學。

不久之前茉菜對我提過。

『最近葛格感覺很開心的樣子。』

我只是沒有自覺而已，但我想必在不知不覺中散發出那種氣息吧。

假使伏見決定跟其他人交往了，比起維持我個人的快樂，更應該要鼓勵伏見順從內心的渴望，優先協助她的戀情並在旁加油打氣才對……應該吧。

沙、沙——有單獨一個人的腳步聲漸行漸遠了。要他們雙雙返回旅館畢竟是件很尷尬的事吧。

伏見似乎在原地稍候對方遠去的樣子。

「……」

我因為感受到視線就往那個方向望了一眼，結果是伏見正在盯著我這邊。

「唔喔！」

「小諒……」

她一臉無奈的表情，嘆了口氣。

「做這種事，好像有點沒禮貌吧？」

「不，這是因為……」

為什麼會被她發現啊？

「因為你偷偷摸摸地靠近這邊，我才會察覺到的。」

真拿你沒辦法啊——伏見嘟起下脣。

「是我那個房間的室友……」

不，怎麼聽都很像藉口。早知道就放著這件事不管了。當初稍微安撫一下要我出來的出口並繼續打撲克牌不就好了嗎？

「我看到你們兩個跑到外面，心想不知道是什麼事，感覺有點在意。」

「在此之前我不斷拒絕別人，事到如今，我總不會突然宣布『耶——！我跟某某男生交往了——』之類的吧。」

「這種事，我怎麼敢確定呢。」

伏見以蹲姿朝我一步步接近，最後坐到我身邊。

「妳的運動服，會弄髒喔。」

「等下把灰塵拍掉不就ＯＫ了。」

既然妳不介意就好。

「為什麼你要跑來這裡呢？」

「我剛才不是說了，我很好奇你們要討論什麼。」

「那感想呢？」

「感想喔……這是我第一次親眼目睹告白現場，結果連我都忍不住緊張起來。」

我想問的不是那個啦——抱膝而坐的伏見，先是不解地歪著頭，最後「咚」地直接把腦袋靠到我肩膀上。

「當小諒的青梅竹馬姫奈，遇到其他男生發出愛的告白，那這時小諒的內心會有什麼想法？」

「假使妳願意交往的話，我會幫你們加油。」

我的側腹部被狠狠捏了一下。

「好痛！」

「這種事不必加油啦。」

哼——伏見氣得鼓起臉頰，倏地拉開跟我的距離。

「小諒，恭喜你榮獲遲鈍金像獎唷。」

就算妳這麼吐槽我。

我的感想的確就是上述那個。

這麼說來，當初鳥越跑來找我告白時，伏見也是在拚命偷聽對吧。

「如果是我，聽到有其他人對小諒告白的話，我內心只會非——常不爽唷。」

大概就是想起過去鳥越那件事吧，伏見露出複雜的表情並緊揪起眉心。

「我會很嫉妒唷。」

「妳真的會那樣嗎？」

「沒錯。」

除了姬嶋跟鳥越外，我是伏見在校園生活裡少數幾個能放鬆交談的對象。

就這個觀點看，當這種「能公然展示好交情」的權利被別的女生奪走了，她會產生不快、嫉妒的反應並不值得大驚小怪。

「我不是不能理解啦。」

「真的嗎？那麼那麼，你希望我以後要表現出多一點嫉妒、吃醋的態度嗎？」

這傢伙，明明雙眼閃閃發亮，嘴裡卻說著這種莫名其妙的話。

© Fly

「小諒，其實你可以慢慢來唷。我是不會逃走的，我會一直等待你，就算將來我們的距離拉遠了，我也絕對會回到你身邊。所以，小諒，你用自己的步調慢慢來就好。」

她究竟在說些什麼，我大概只能理解一半吧，但總覺得這番話是我的救贖。

在教室或學校裡，好像每個人都必須要有愛慕對象才行，我甚至懷疑不那麼做就會失去基本的人權。

「已經到男生洗澡的時間囉，小諒，你得趕快回去了。」

「是啊。」

「我也一起回去吧。」

我站起身，伏見也隨之站起來伸了個懶腰。

「昨天晚上，妳喝的真的是果汁吧？」

「……」

伏見的嘴巴維持V字形，發出了「咿咿咿咿」的牙關摩擦聲，接著她猛然轉身背對我。此刻伏見想必是汗如雨下吧，就算沒看到正面我也能猜到。

「所、所謂類似果汁的東西，也算是果汁的一種對吧……？這點絕對不會錯。」

「是啦，但妳昨晚變得異常大膽耶。」

「請、請忘了那件事——！」

咚咚咚——伏見以超快的速度朝玄關方向走回去了。

「之前我還以為妳真的是誤飲酒類哩。伏見小姐，看來妳已經變成了不起的女演員了啊。」

這時伏見回過頭，稍稍露出一副自鳴得意的表情，但很快又逃也似地衝出停車場了。

返回房間後，迎接我的是暴風雨般的質問。

從他們究竟說了什麼開始，還有結果如何等等，看來這票人好像一直守在窗戶邊窺伺。

我覺得不該把別人的隱私當閒談材料，就沒有說得很具體，只是設法敷衍過去。

但大家似乎對別人的這種事都非常感興趣。

我還以為，只有女生會喜歡這類八卦，但看來男生也好不到哪去。

即便我本人對此沒什麼興趣，但我現在重新體認到，並不是所有男生都跟我一樣。

反過來說，搞不好我才是不合群的怪人。

對於這個結論，我總覺得很難接受。

本來大家在等伏見那群女生溜來我們房間玩牌，但大概是晚餐時間老師嚴加警告之故，女生那邊主動聯絡取消，這個計畫終究泡湯了。

我把這個壞消息告訴大家，本來還在收拾、打掃房間的室友們，一下子變得了無生趣。

看來他們先前也是期待萬分吧。

於是今晚決定在熄燈時間乖乖就寢，大家紛紛鑽進被窩。

在避免吵醒其他人的前提下，我躲在棉被裡跟篠原傳訊息。

我不想承認自己很怪，所以希望對方能稍微否定一下我那個結論，結果才過了大約十秒篠原就回訊了。

『我很怪嗎？』

『很怪啊，就是個怪胎。』

她絲毫不否定耶。

『大家當然都對那個有興趣囉，好比誰喜歡誰，誰跟誰在談戀愛之類的。』

被曾罹患中二病的篠原說是怪胎，總覺得心裡很不爽。

妳這種人沒資格說我——我努力把這句話嚥回肚子裡，就此結束跟對方的傳訊。

⑮ 有些禮物會微妙地造成困擾

翌日，是校外教學的第三天。

以行程而言並沒有什麼特別要做的事，大半時間都花在坐遊覽車返程上，大約下午三點左右回到學校。

之後不必再回教室，大家可以原地解散，因此學生們紛紛提著行李各自回家。

然而我們這組，並沒有人直接回去，大家目送那輛遊覽車掉頭駛離。

最後出口終於先發言了。

「該怎麼說，總覺得捨不得回家啊。」

三個女生也微微點頭，似乎是同意了。

出口想表達的意思，我並不是不能理解。

「那麼，大家一起弄一個相簿吧，把每個人的照片都放進去。」

「聽起來很讚喔。」

出口附和伏見的提議。

由於不想在學校或教室裡做這件事，五個人就晃啊晃啊，來到了附近的公園。

到了傍晚會有小學生聚集的這座公園，目前一個人也沒有，只有我們坐在涼亭的桌邊。

「啊——重死了……」

除了行李箱以外，伏見還帶著一個大包包，這時她才總算「呼喔」地喘了口氣。

鳥越跟姬嶋也好不到哪去，為何女生的行李總是那麼多？

像我跟出口，只要一個背包就搞定了。

大家並沒有直接進入正題，而是先悠哉地隨便閒聊一會，後來伏見才像是臨時想起來般取出手機。

「我把照片上傳到群組的相簿裡，大家要是有好的照片也一起傳上來唷。」

比起我之前想像的相簿，這種方式要更加數位化，不過用上傳的方式也比較輕鬆，算是幫了我一個小忙。

「唔呼呼，這張。」

「咦？什麼？」

伏見遞出手機，鳥越湊到她手邊觀看，後者立刻咯咯咯笑出聲。

「做鬼臉。」

「不，只是湊巧抓拍到的時機，是很自然出現的表情唷。」

「我也有類似這種照片，等一下喔──這張怎麼樣？」

「呼呼。」

那兩人之間的氣氛就好像貓咪們在玩耍一樣。

出口則以溫柔的眼神在旁守候那兩人。

「小高，我們也來分享彼此的照片吧。」

「只有我覺得你那句話聽起來怪怪的嗎？」

「小高，你好色唷。」

「誰色了啊。」

正如伏見她們所做的那樣，我跟出口也交換彼此手機裡的照片欣賞。

「唔哇，真沒想到！小高，你只拍風景!?」

「有、有什麼關係嘛，風景也很好……」

「要好好記錄下旅行的回憶啊，這種時候就別害羞了──」

出口用手肘輕輕頂了我幾下。

「誰說我害羞了。」

跟他人的合照，只有伏見單獨傳給我的兩人自拍而已，況且那個還在訊息裡沒有下載下來。至於五人的大合照也是一樣，就只有我的手機沒存那張的檔案。

當我跟出口有一搭沒一搭地吐槽時，伏見跟鳥越已經停下剛才的舉動凝視著我們這邊。

我立刻察覺到這件事。

「啊……請不要在意，繼續繼續。」

伏見催促地說道。

「男生之間的友誼也很可愛呢。」

「可愛？不，那個……喂，我說小高？」

那兩個女生怎麼露出一副在偷笑的表情，臉部的肌肉都完全鬆弛開來了耶。

說男生可愛是怎麼回事？這也算誇獎嗎？

「姬嶋，妳拍了哪些照片？」

「我嗎……沒什麼了不起的作品啦。」

由於她試圖將手上的手機快速藏起來，我便倏地一把搶走。

「呀啊！幹麼，別亂拿別人的東西啊。」

「很好奇妳到底拍了什麼。」

原來她剛才也在看照片資料夾。內容包括旅館提供的菜色，房間裡的零食點心，在回程經過休息站時，裡頭紀念品商店所販賣的煎餅與饅頭等等。

「怎麼全是吃的。」

「要、要你管，拍什麼是我的自由！」

姬嶋滿臉通紅地把手機搶了回去。

這麼說來，姬嶋的食量好像滿驚人的。除了在旅館的食堂猛吃外，去市場閒逛時她也是一直買一直吃。

當伏見跟鳥越都已經吃不下的場合，唯獨姬嶋能跟身為男生的我並駕齊驅，甚至食量還勝過我一籌。

「還在發育嗎？」

「小高，不要對人家性騷擾啊。」

「會想到那邊去的人只有你吧出口，我明明不是那個意思。」

「虧小高自己還說過，姬嶋同學是胸部最大的人——」

「是你啊，那句話是你說的。」

「哎呀，是喔。」

隔著涼亭桌子的那三個女生，對這邊投來冰冷的視線，一股凝重的沉默橫亙在桌子上方。

我完全陷入了被出口自爆所波及的窘境。

「……沒關係啦，真的，反正那也是事實。」

彷彿一點事都沒有的樣子，姬嶋這麼低聲喃喃道。

咕咚……出口聽了這番話，一臉嚴肅地用力嚥下一口唾沫。

「看來我的眼光並沒有錯喔，小高。」

「拜託，別再扯這個話題了好嗎？」

本來很愉快的校外教學回憶，可不要被這種悲慘的事件覆蓋過去。

儘管剛才的氣氛變得有些險惡，但一開始挑選照片後，大家又恢復了原本的心情。

姬嶋主要是拍食物，我則是風景跟建築物。其他三人以隨手抓拍為主，一本平衡度極佳的相簿逐漸完成了。

「哎呀，有小高在內的兩人合照，為什麼除了跟我以外的都沒有上傳啊？」

「「「……」」」

咳咳——姬嶋清了清喉嚨後才開口說道。

「像這種照片，不適合放在大家一下子就能看到的公開場所。」

「就、就是說呀。那種只有兩個人的合照，給當事人自己保存就夠了。」

跟在伏見的說明之後，鳥越也一個勁地用力點頭，提供贊同的支援射擊。

儘管出口最後好像踩了地雷，但相簿總算是完成了。

我瀏覽著完工的資料夾，立刻回憶起當時旅遊的經歷，心情也變得愉快幾分。

達成目的後離開公園，終於要踏上返家的歸途了。

在前往車站的途中先是出口跟大家分開，接著則是鳥越與我們道別。

剩下三人並排坐在還很空的電車上，這時姬嶋緩緩從書包取出一個小紙袋。

「這個，給諒。」

「那是什麼？」

我打開那個算是被硬塞過來的玩意，結果裡頭裝了一個鑰匙包。

「要給我？」

「諒，我之前不是說過嗎？這是紀念品啦，紀念品。」

鳥越也送過我東西，看來女生之間好像很流行做這種事？

「我也有禮物唷。」

欸嘿嘿——伏見這時笑道，隨後她遞來一個完全沒名氣、甚至一點都不可愛的當地吉祥物布偶。

唔哇……收到這個該怎麼辦啊？

「謝謝妳們二位。」

「嗯，反正諒出門也只會帶自家的鑰匙吧，弄個鑰匙包好像沒什麼意義就是了。」

「話是沒錯啦，但有了這個就更不容易搞丟鑰匙了。」

「呼、呼嗯……」

姬嶋心底好像很滿足的樣子，一邊玩弄自己的頭髮一邊把視線別開。

「小諒，你也可以用這個布偶唷。」

怎麼用？

因為伏見好像很開心，我沒法擺出明顯困擾的表情，只好努力維持臉上的笑容。

16 最保險的就是送吃的

校外教學的終點站是平安到家——小若曾這麼提醒過同學們，不過我現在也已經平安進入家門，所以要說這次的校外教學徹底劃上句點並不為過。

我從背包取出髒衣服丟進洗衣機，結果這時從玄關傳來茉菜「我回來囉——」的喊聲。

「妳回來啦——」

隨便應了她一句，我便開始動手整理行李，結果茉菜回家的第一件事卻是對我這邊探出頭。

「葛格，玩得開心嗎？」

「啊——嗯，對，還可以。」

要給校外教學一個總結的話，就是這麼回事吧。

「所以葛格很開心囉。」

「為什麼妳會這麼覺得啊？」

「因為當你說這種話的時候，事實就是那樣呀。」

茉菜不知道在樂什麼，腦袋湊過來看我的包包。

「這是，什麼玩意……」

剛剛才收到的那個謎樣吉祥物布偶，被她用兩根手指捻起來，還讓她的臉色一下陷入陰霾。

「旅遊當地的吉祥物吧。」

「葛格，你與其花錢買這種東西——」

「不，不是我買的，是別人送的。」

由於茉菜充滿了強烈的非難之色，布偶是誰送我的就暫時保密吧。

「不是有種魅力叫醜得可愛嗎？」

「嗯？」

「那種情況，只成立在確實有惹人憐愛之處的前提上，因此醜才會在同時被人所接受。」

茉菜開始正經八百地對布偶批判起來。

當我表示「是別人送的」，同時間茉菜恐怕就已經料到送這種禮物的人是誰吧，只見她輕輕嘆了口氣。

「究竟是為什麼呢……本人的外表明明是那麼醒目，對美感的掌握卻……或者該說審美極其獨特……」

真是搞不懂——茉菜歪著腦袋。

在電視或網路上，不時會有藝人公開自己私底下裝扮的節目，但沒有哪個藝人會奇裝異服。然而，伏見的場合，得要話說得非常婉轉才能勉強讓她停留在「審美獨特」的範圍內。

「這有什麼關係嘛，反正，她也不是出於惡意。」

我把茉菜用手指夾著的布偶搶回來，放回背包裡。正在物色內容物的茉菜好像又發現了什麼。

「鑰匙圈跟鑰匙包，是在那邊買的嗎？」

為什麼她可以立刻找出原本不屬於我的東西呢？

「是啊，嗯，這也算收到的紀念品吧。」

「真好耶。」

沒錯，既實用，用不到也不會造成困擾。

鳥越基本上我算是回禮過了，但之後還得回贈伏見跟姬嶋才行。

我把吐出髒衣服後整個扁掉的背包拿回樓上，結果茉菜還跟在後頭。

「有事嗎？」

「嗯嗯——」

她一臉笑咪咪的，我進入房間，她果然也一塊跟了過來。

「葛格？」

「我知道啦，知道啦。」

是說，她剛才看過我的背包應該也猜到了吧？

我把旅途當地的名產，也就是山椒小魚跟佃煮海苔的瓶子拿出來。

「這是給妳的紀念品，拿去。」

我用力遞到茉菜面前，但她還沒接過去就拍手笑了起來。

「之前我還猜可能是這個，果然被我料中了！好土喔！笑死人了！」

「這有什麼好笑的。我試吃過的確是非常美味啊，我覺得妳也會喜歡才是。」

「好啦好啦，葛格，你是想看到我開心的表情對吧？真是乖孩子，乖喔。」

她開玩笑地摸起我的頭，我一把揮開她的手。

「如果我不送東西，妳就不會認真幫我做飯啦。」

「是沒錯啦。不過，給中學生的妹妹，竟然是山椒小魚跟佃煮，呼呼呼，笑翻了……」

我本來還擔心茉菜收到紀念品的反應，但看來應該稱得上效果極佳吧。

果然，最保險的就是送吃的。

「不過就我個人的立場，我還是想見識一下葛格選禮物的品味唷——？」

她好像希望我不要打這種安全牌吧。

「啊，這麼說來——」

似乎突然想起什麼的茉菜，冷不防伸手進我的背包摸索。

結果她所挖出的，是三個連在一起的成人世界入場券。

「竟然沒用……」

「那不是廢話嗎？」

是茉菜擅自幫我準備並硬塞進去的，事後還被我拿了出來。不過，她大概是早有預感我會那麼做吧，不知是趁什麼時機又把這玩意偷偷塞回我的背包。

「葛格要好好運用呀！別一副理所當然的樣子。」

茉菜蹙起眉，好像真的動怒了。

「妳幹麼那麼生氣啊。」

「葛格，你是什麼時候變成這種壞孩子的！」

啪啪啪——她用很大的力道打我。

「喂！住手啊！」

「既沒用又遲鈍的葛格，應該要順從旅行時的解放感——」

「等一下等一下，妳是不是誤會什麼了啊。」

但即便我這麼說，茉菜也完全不理會我的辯解。

「是跟誰……？葛格，難不成，你比我想像中更成熟……？」

「不是跟誰的問題啦。」

「那、那麼，是跟不認識的人——!?所以你才沒用嗎!?」

茉菜的目光就像在目睹一隻野獸般，還稍微跟我拉開了距離。

「之前不就強調過了嗎？用這個算是一種禮貌啊！葛格這個百發百中的傢伙！」

那算是說我壞話嗎？

咚——茉菜這時用力撞開我，自顧自跑出房間了。

「喂、喂，茉菜——！」

真、真沒辦法啊，只好老實說了。

「葛格我啊，還是乖乖保持童貞喔。」

正要跑過走廊的茉菜雙腿瞬間踩剎車。

「那你為什麼沒用呢？」

「因為根本沒有引發能讓我登上成年人階段的事件啊。」

「……什麼嘛。太好了，葛格還是處男。」

呃，好不好這種事，用不著妳評論吧。雖說，我也同意茉菜的看法。

「為小心起見，葛格還是隨時放在錢包裡吧——！」

「夠了喔！」

⑰想擔任主角

週末結束後的星期一，導師馬上指示我們要繳交校外教學的心得報告。

儘管我對「報告」這個不太熟悉的詞彙感到困惑，但結果好像就是類似感想文之類的作業吧，先前那份簡介以及所拍攝的照片和相簿應該能派上用場了。

我跟伏見這兩個班長，被吩咐要負責收同學們的報告，小若說得在這週結束前把全班的份收齊。

我將一直放在書包裡的旅遊簡介拿出來，快速翻閱著。

大概是旅行時的解放感太強了吧，總覺得校外教學好像是很久以前的事了。

「小諒，你的報告上要寫什麼。」

一到午休時間，伏見馬上對我這麼問。

「應該是以第二天的行程為主吧。」

「那天真的很開心呢，小諒也玩得很愉快真是太好了。」

「妳說我嗎？」

「你剛才看簡介的眼神很溫柔，就好像大象的眼睛一樣，所以我想你那天應該玩得很盡興吧。」

大象的眼睛是哪種眼睛啊。

「你還在這裡等什麼，趕快過去啊。」

姬嶋拿著書包從座位站起身，並一邊催促我。

過去？去哪啊？

「靜香同學好像已經先走了，難道要別人一直等你喔。」

「姬嶋也要去物理教室嗎？」

「會妨礙到你嗎？」

「不。」

鳥越跟姬嶋的交情好像也不錯，所以姬嶋去應該不要緊吧。

當我準備好並起身時，伏見似乎非常依依不捨地目送著我們。

「姬奈不去嗎？」

「好像有人會來找她一起吃吧。」

「有人會來找她？喂，那是誰啊？」

「哈妳就別追問了。」

姬嶋跟伏見的性格剛好完全相反。對伏見來說「雖然不想陪那些人，但還是要避免關係破裂」，這是她不招惹別人的八方玲瓏生存之道，然而姬嶋對此想必覺得難以理解吧。

不論是善意或惡意，姬嶋對自己的內心想法是毫不掩飾的。

只要她想做就會全力以赴，然而她不想做的事誰也逼不了她。姬嶋的個性就是如此明快單純。

來到物理教室後，我確認鳥越已經坐在固定的位置，於是我也在每次習慣的地方就座。

「我從以前就想問了，為什麼你們要離這麼遠？」

「有什麼關係嘛，離遠一點大家都比較自在。」

是這樣嗎？姬嶋好像難以苟同的樣子，用眼神來回掃過一遍我跟鳥越間的這數公尺距離。

「高森同學，我猜 Hina 晚一點就會過來，到時候再討論吧。」

「討論？關於報告嗎？」

「不是，是校慶的電影，我們要討論究竟要拍什麼片。」

對喔，這件事都還沒完全敲定。

「若田部老師跟我說過了，你們之前好像開會決定，要在校慶播放自己拍攝的電影。」

「對。但因為預算限制，應該只能拍以普通高中生為主角的現代劇——是說目前討論好的也只到這部分而已，後續的細節都還擱著。」

「欸，原來是這樣啊。」

姬嶋一瞬間露出了自信滿滿的笑容。

啊——看她這種表情，感覺等下跟伏見又會有一場腥風血雨了。

「姬嶋同學，妳有想擔任的角色嗎？目前暫定由我寫劇本，高森同學則是導演。」

「如果想讓電影成功，不派我上場是絕對辦不到的。」

姬嶋充滿自信地說道。

誇下海口的姬嶋。

真不愧是前偶像，說話的氣勢就是跟別人不一樣。

「那麼說是沒錯啦，但目前已經暫定由伏見當主角了，不過還有其他角色，妳有意願嗎？」

「讓姬奈反串男主角，我當女主角不就行了嗎？」

雖然繞了一大圈，但依然可以感受到姬嶋厚臉皮毛遂自薦的強烈欲望。任何人都無法阻擋她前進的道路——這就是她光明正大的主張。

「鳥越，劇本方面這樣可行嗎？」

「好像也不是辦不到。」

「我覺得姬奈很適合，因為她平胸又完全沒有女性魅力。」

我要這樣，要那樣，大家都要聽我的！姬嶋就像個小朋友一樣，強行推動自己的主張。

我突然感受到一股惡寒不禁渾身顫抖，轉頭一看，是伏見正在那邊發出黑色的氣場，她隔著門板上的小窗，就像恐怖電影一樣狠狠地盯著教室裡。

「我覺得伏見也很想當女主角，所以妳們……」

正當我試圖打圓場時，或許是再也無法按捺了吧，伏見直接闖入教室內。

「我已經先說要擔任了，小藍，妳還是演其他角色吧。」

「其他角色，是主角嗎？」

空氣頓時凝結起來。

我就知道會這樣。遇到這兩人吵架，除了放著不管也沒其他辦法了吧。

我望了鳥越一眼，她的嘴脣抿成倒V字形，好像在憋笑的樣子。

想必在校外教學時，這兩人也經常在旅館房間內發生類似的小爭執吧。

「小藍，既然這樣我們就一決勝負吧。」

「一決勝負？」

「比賽演技！這妳應該能接受吧。」

「很好，正如我所願。」

話題轉往了意外的方向。

由於以前曾待過演藝圈，姬嶋或許較占上風。例如心情明明不好還得擺出笑容，為了唱歌而練習過聲樂（？）之類的。

但伏見也在上戲劇課，感覺這兩人應該會上演一場精采的對決。

「由我們擔任評審，不過只有兩個裁判好像太少了……」

「假使妳們可以接受出口我就去叫他來。」

「就那麼辦吧。」

於是我便把出口找來了。

這當中，她們討論了等下比賽要演什麼，最後決定重現鳥越手邊某本漫畫裡的一幕場景。

鳥越為大家說明場景的設定與情境。

「要請妳們扮演主角的朋友。妳們在社團要參加大賽的前夕受傷住院，這時主角們來病房探望妳們，然後妳們一開口就說『真對不起還麻煩大家跑一趟』，就從這個部分開始演起。」

原來如此啊。

「那我也給一個建議好了，妳們表面上說這句話的時候很開朗，但內心卻懊悔萬分想哭得要命——」

認真聽說明的那兩人都「呼嗯呼嗯」地一個勁點頭。

「小靜，要扮演的那個朋友本來就是性格開朗的人嗎？」

「嗯，沒錯，就是那樣的人物。雖然非常拚命努力練習，但卻不小心受傷了——就是這種劇情。」

好吧，在青春熱血運動作品中，要說這是常見的一幕也不為過。

「哈囉——找我有啥事？」

這時出口也抵達教室了，我為他解釋現在的情況，並請他一起擔任評審的工作。

「唔哇，感覺超有趣的——那麼誰先開始呢？」

兩人猜拳決定，由伏見先攻，姬嶋則是後攻。

「我一拍手，就算是正式上場囉。」

「嗯，瞭解。」

於是我們站到遠處，讓伏見坐在椅子上。等她用眼神示意已經準備好了，我就喊著「預備……」接著用力擊掌。

她只不過是坐著而已，看起來就很沒精神的樣子。然後她好像是突然察覺到什麼般，開始說臺詞。

「——真對不起還麻煩大家跑一趟。」

用開朗的聲音跟表情，伏見迎接來探病的主角們。

「不過既然大家要來探望我，還不如帶一些更精緻的點心之類。」

感覺很自然。

然而，就好像突然想起什麼似的，伏見在臺詞之間會驀然浮現陰鬱的表情……至少我看起來是這樣。

最後主角們終於探病結束離開病房，伏見笑著揮手，但當手放下來後立刻恢復真正的表情。

她無言地用力抿著嘴脣，死命緊握雙拳。

由於到這邊就算結束了，我再度拍了一下手。

「卡。」

「伏、伏見同學太厲害了，我感覺漫畫的那一幕就在我眼前直接上演。」

「不不不，哪裡哪裡。」

欸嘿嘿——伏見似乎很害臊地搔著臉頰，返回我們這邊。

「小諒，你覺得怎樣？」

「不就是正常水準？」

「誇獎人家一下嘛。」

我安撫氣得鼓起臉頰的伏見，而鳥越則在催促姬嶋準備登場。

「下一位，姬嶋同學。」

「來了。」

姬嶋就定位，看起來應該是準備好了，於是我下令開始。

「——真對不起麻煩大家。」

喔，臺詞跟剛才有點不一樣。

而且話說回來，這是……

「不過既然要來，不如帶一些更好吃的點心。」

這些臺詞也不算多吧，姬嶋竟然沒法完整記住喔！

哎呀？下一句臺詞是什麼，糟糕——只見姬嶋露出這種表情……語氣則像是在朗讀教科書。全場幾乎都是這種感覺。

她簡直是上來秀爛演技的。

「姬嶋，已經夠了。」

「咦？才演到一半耶……好吧，這就代表我取得了壓倒性的勝利吧。」

真是自信滿滿。

就算剛才在臺上出醜，自信依然毫不動搖。

這傢伙，的確是大人物……

壓倒性的勝利嗎？是啊，沒錯，她說對了。

評審們彼此對看一眼，看來大家的意見都是一致的。因為雙方的差距太明顯，裁判根本沒什麼好苦惱。

三位評審要分別站在自己覺得比較好的那個人前面，結果伏見前方並排了三個人。

「怎麼會這樣，你們眼睛瞎了嗎！」

妳那種蹩腳的演技還有臉生氣喔。

「姬嶋，既然輸了就不要有怨言。還有，就算是從外行人的角度，也能一下就看出妳的演技真是差勁透了。」

「咦？」

姬嶋訝異地瞪大雙眼。

「怎、怎麼會這樣……」

「『如果想讓電影成功，不派我上場是絕對辦不到的』——虧妳剛才還這麼誇下海口。」

「別、別說了！」

姬嶋滿臉通紅、似乎感到很羞愧。

至於伏見則是春風滿面，得意地拍了拍對方的肩膀。

「小藍。」

「幹、幹麼？」

「這就是實力的差距，要面對現實唷。」

「唔！」

別挑釁啦，伏見。

這兩人的確是為此起了爭執，不過最後並沒有改變原始的計畫，也算萬幸吧。

「……結果我們班到底要拍什麼啊？」

當伏見跟姬嶋以火花四射的眼神鬥來鬥去時，出口言歸正傳地這麼問道。

「因預算限制，只能拍以高中生為主角的現代劇，大概就是三十分鐘以內的短片吧。」

我這麼答道，並為了確認而朝鳥越使個眼色，她點頭表示附和。

「目前只討論到這邊而已，出口同學，你有什麼提議嗎？」

「沒。」

他花了零秒回答。

「我覺得，大家能享受同心協力拍出作品的過程，這才是最重要的。」

怎麼樣我很會說話吧？出口彷彿在臉上這麼寫著。

「喂喂，高森同學，剛才好像有個熱血青年說了什麼？」

「那個喔，不就是場面話嗎？」

「沒錯。」

我跟鳥越這兩個朋友都很少的雙人組取得了一致的意見。

「喂喂喂，別在本人面前說他的壞話好嗎！」

剛才儘管吐槽出口，但他的意見也不是沒道理。

「同心協力的感覺，是嗎？如果背景也選在學校，那就不太需要額外準備道具了……」

「舞臺裝置應該是最耗費人力跟時間的部分，不過因為預算有限，在最節省的情況下，就算只有我們五個人製作也不是不可能完成喔。」

但話說回來，當初要用製作道具讓全班都有參與感的打算呢？由我們五人全部包辦就本末倒置了吧。

「鳥越，妳是不是有什麼想法？」

「唔……是有一點啦。」

鳥越操作手機，在螢幕上列出好幾個應該是她記錄下的點子。

戀愛、社團、友情、青春——嗯，大致就是這些關鍵字吧。

由於我們能拍攝的範圍很有限，會變成這樣也沒辦法。

「伏見覺得怎麼樣？」

氣得毛髮倒豎、與姬嶋正進行激烈對峙的伏見，這下終於回來參加會議了。

「我覺得愛情主題比較好。」

鳥越聽了露出有點複雜的表情。雖說她列的點子裡面也有戀愛，但這不該憑個人喜好挑選。

「我知道小靜為何會露出那種表情啦。其實我也覺得，用戀愛這個題材好像有點微妙。」

「既然這樣為何還要選那個？姬奈，妳明知如此也要霸王硬上弓？」

「那的確是我現在最關心的主題沒錯，所以我猜其他人應該也會對愛情很感興趣吧。」

這麼說也沒錯，畢竟我們這個年紀的女生恰好就是少女漫畫的目標客群。

「也就是說，要拍 Love Story 囉？」

出口的英文發音太標準反而讓人聽起來很不爽。是說這件事剛才不就敲定了嗎？

「如果完全照我的喜好，劇情恐怕會融入一些黑暗的設定跟橋段唷。」

「我也是。」

鳥越亦有同感。這兩人關於創作方面的喜好還真是相當接近。

「聽起來好像還不賴嘛。」

令人意外的是姬嶋也附和了。

「根本沒必要勉強去拍自己不喜歡的東西。」

拍這種戀愛主題的影片也不是不行啦。

「小高，我們來拍一部讓人感動落淚的淒美名作吧。」

「被出口這麼一說，感覺就充滿疑慮啊？難不成只有我這麼認為？」

「你也稍微信任我一下吧。」

咳咳──伏見這時故意乾咳了幾聲。

「我們合宿吧。」

「合宿？為了什麼？」

「為了企劃會議呀。」

「不錯耶。」

「嗯，好主意。」

「如果我也可以去的話我就贊成。」

有必要搞這個？

總覺得放學後大家聚在一起討論就夠了。

「那就這麼說定囉！」

「等一下等一下，不要擅作主張啊。」

「小高，能跟女生一起過夜的經驗，這可是你人生最後一次囉？應該要心懷感激主動參與才對。」

這傢伙說話的時候怎麼老是愛岔題到那邊去啊。

「諒，我們這幾個人恐怕很少有去別人家過夜的經驗，你該不會是怕了吧？」

別說得一副妳好像很懂的樣子……

好吧其實她沒說錯。

不知道其他人以前有沒有合宿過，我用眼神予以確認，結果伏見跟鳥越都沒講話。

看來那兩人也毫無經驗。

所以才會充滿興致吧。

「我明白了，那接著來討論要在哪裡舉辦。」

⑱ 在高森家一起過夜

茉菜好像正忙著在廚房準備料理。

「……有什麼我可以幫忙的嗎？」

「葛格根本無法成為戰力，還是在客廳待著吧，免得妨礙我。」

被茉菜冷淡地拒絕了，我只好待在客廳等大家。

這個週末的星期六午後。

大家決定在高森家舉辦企劃會議合宿，此刻我正坐立難安地從客廳窺伺屋外的情況。

「媽媽好像被這件事嚇了一跳呢，不過她也很高興就是了。」

茉菜從廚房對我出聲道。

我問母親，如果請幾個朋友來家裡過夜有沒有關係？結果她一聽，便二話不說答應了。

『茉菜，妳負責煮飯，媽媽這週末要工作幾乎都不在家。』

『懂。』

事情經過就是這樣，拿到食材費用的茉菜，如今正在廚房拿出看家本領精心燒菜。

現在才中午而已，雖然我提醒茉菜不必那麼早準備也沒關係，但她說要吃飯的人數很多，食材的預先處理恐怕得花更多的時間。

「該怎麼說——我很少像這樣煮一大堆耶，感覺還滿有意思的。」

茉菜發出咿嘻嘻的笑聲。

妳這傢伙，真是一個善良的辣妹啊。

「所以晚點姬奈姊姊、小藍姊姊、Shizu，還有相撲老大都要來囉——？」

「是啊，不過還要再加一個跟屁蟲。」

「跟屁蟲……？」

茉菜不解地歪著頭。

之所以把篠原也叫來，是因她對漫畫、小說、電影的庫存知識不輸給鳥越之故。能提供點子的人當然越多越好，於是也把她請來了。

當然我也想趁這個機會把借來的大量少女漫畫還給她。

跟篠原借的那些我都看過了，不過真正沉迷的人是茉菜，她甚至重複看了好幾遍。

電鈴這時響起，我踩著拖鞋跑去開門，結果是那對青梅竹馬。

「嗨，我們來囉。」

伏見露出笑容輕輕揮手說道，她身邊則是肩膀激烈顫抖、正強迫自己嘴巴不要打開的姬嶋。

「噗，呼呼……打擾，了……」

姬嶋對旁邊的伏見迅速瞥了一眼，接著馬上用雙手掩面，已經忍笑忍到隨時都要崩潰的程度了。

「小藍她，一跟我見面就是這種感覺……」

伏見，她八成是在嘲笑妳的便服裝扮吧？

因為伏見本人一副詫異的模樣，我實在很難啟齒。

況且伏見很可能會跟之前一樣，大喊著「人家才不是開玩笑！」當場哭了出來。

茉菜一邊用圍裙擦手一邊從玄關探出頭，大概光聽聲音她就知道是誰來了吧。

「姬奈姊姊，小藍姊姊，歡迎光──」

啪噠啪噠、啪……她的拖鞋聲戛然而止，整個人瞬間凍結了。

「喂、喂，茉菜，妳沒事吧!?」

「葛格，是夢魘，我看到夢魘了。」

這惹得姬嶋終於忍不住笑出聲來。

「咦？怎麼？你們幾個是？」

「茉菜，妳眼前的是現實喔。」

「說真的，我已經……不行了。該怎麼說，繞了一大圈後又出現嶄新的穿搭風格，這種還是留給擁有時尚知識的人去挑戰吧……」

茉菜翻著白眼要暈倒了，我趕緊撐住她。

「就、就算這只是居家服好了，要問我審美行不行，答案還是不行不行完全不行的二十世紀梨啊。（註5）」

二十世紀梨……

「二十世紀梨小姐，請妳來一下。」

茉菜輕輕招手叫伏見過來。

滿臉錯愕的伏見手指著自己。

「嗯？我是梨？」

一臉嚴峻之色的茉菜，把伏見拉走了。後者還沒預期到等下會發生什麼事，正用力眨著那對純真無邪的大眼。

「姬奈她，是認真的嗎？」

註5 這裡日文的「不行」跟「梨」同音。

剛才瘋狂爆笑過的姬嶋這麼問道。

「就是因為這樣才叫人困擾啊。」

「唉……這大概是我一整年來笑得最誇張的一次。」

姬嶋拭去眼角的淚水，還感嘆地說著「啊啊，太奇怪了」。

正當我們做這些事的時候，鳥越和篠原、出口也抵達我家了。

由於我的房間容納不了這麼多人，因此會議要在客廳進行。

「小高家，還滿普通的嘛。」

「你本來期待會看到什麼啊？」

「高森同學，Hina 還沒到嗎？」

「啊啊，她被茉菜帶走了。」

我這時迅速窺伺一下篠原的反應，發現她正偷偷瞟著姬嶋。

「……」

對喔。出口姑且不論，篠原跟姬嶋可是初次見面啊。

「篠原，這位是姬嶋藍……同學，她之前轉回我們學校，也是我的青梅竹馬。」

請多多指教——姬嶋露出微微一笑。

我也替姬嶋簡單介紹一下篠原，然而篠原卻趁機跟鳥越低聲咬耳朵。

「藍華？小美，妳說誰呀？姬嶋同學的名字是藍喔。」

「我不是說……」

表情有點焦躁的篠原，這時才對姬嶋簡單打招呼。

「我叫篠原，美南……以、以、以前去過好幾次『櫻瞬』的演唱會，跟您握手……雖、雖雖、雖然沒跟您，說到幾句話……所、所以或許您已經沒印象了——全、全、全部的團員裡我最支持您真是非常感謝。」

大概是太緊張的緣故吧，篠原的眼鏡都快滑掉了。

相對地姬嶋的笑容卻當場凍結，看來姬嶋還真的想起了什麼。

結果篠原對地下偶像好像也很熟的樣子。我原本還以為她專攻漫畫和小說一類。

雖然我不太清楚，姬嶋以前的知名度如何，但像這樣會有人當面說「我最支持您」，看來即便是地下偶像姬嶋也屬於比較有名的一類吧。

否則，網路上也不會有那麼多關於她的討論。

那麼姬嶋等下會怎麼應對。

如果她想徹底掩蓋這件事，我打算助她一臂之力。

我迅速瞥了姬嶋一眼，雙方四目相交。

等下請不要說不必要的話——是嗎？還有，要麻煩你支援我一下——大致就是這樣吧，我懂了。

「我猜，妳認錯人了。因為經常有人對我那麼說。」

「就是嘛，篠原。好像經常有人說姬嶋長得像某不知名的謎樣地下偶像，讓她感到有點困擾耶。」

「什麼叫謎樣啊太難聽了吧。」

姬嶋聽了鬧彆扭地嘀咕道，還用鼻子哼了一聲。

我的支援造成了反效果，而姬嶋也太不會挑選吐槽的時機了。

不必說，現在大家都把注意力集中到姬嶋這邊。

「我說妳啊，幹麼挑這個時候回嘴——」

簡直就是不打自招啊。

現場氣氛變得很微妙，鳥越靜靜地說了句「請借我使用洗手間」就離開客廳了。

原來如此啊——出口似乎大致看出這是怎麼回事了。

而篠原儘管也搞懂了，但或許是尊重姬嶋「認錯人」的主觀意願吧，她語氣僵硬地說著「果、果然是我搞錯」，還擺出一副好像完全不認識姬嶋的態度。

「啊，葛格，你好歹也端茶請客人喝吧——」

返回客廳的茉菜，看到桌上空空如也，首先責備我。

「對喔。」

我立刻離席去廚房為每個人倒一杯麥茶，同時從客廳那傳來了姬嶋跟伏見的對話。

「姬奈，妳……換過衣服了？」

「嗯，因為茉菜威脅要把我那套燒掉……不得已之下。」

原來茉菜出言恐嚇啊。

我望了茉菜一眼，她只是以苦澀的表情微微搖頭。

「葛格，我的想法是這樣的，倘若無法好好展示天賦的優勢，那就是一種罪過。」

「我知道妳想說什麼。」

伏見的便服打扮，比她本人的容貌更為風格強烈。因此相較臉，大家只會對她的衣服留下深刻印象。

「因為只是來附近的我們家裡，姬奈姊姊才會對穿搭粗心大意吧。」

真是的——茉菜不滿地嘟著嘴脣。

我端茶返回客廳後，鳥越也剛好從洗手間回來了，這下子終於全員到齊。

「小高，原來你還有妹妹。」

「是啊，嗯。」

「結果打扮也太辣妹風了吧。」

「還好啦。不過晚餐可是我妹做的。」

「辣妹煮的飯，真的能吃嗎？」

「我妹妹除了擅長所有家務外，廚藝也很精湛。」

「真好耶……有個妹妹是辣妹，而且還會做所有家務……簡直是超強的屬性啊。」

除了把妹妹跟辣妹視為超強屬性外，出口說的其他部分我同意。

「我好久沒拜訪你家了，應該跟以前沒什麼變吧？」

姬嶋環顧四周並這麼說道。

「又沒有改建，還是跟以前一模一樣囉。」

這麼說也沒錯啦——姬嶋如此表示並往我房間的那個方向仰望。

「大家都到齊了，那麼第三次校慶電影企劃會議就此召開。」

由伏見主持的會議開始了。這是第三次喔？雖然大家內心都抱持這種疑惑，但沒有人吐槽。

將事情的概要傳達給第一次參加的篠原後，首先她就發表了她的點子。

「必須拍起來輕鬆省事，內容又要有趣……這樣的話，果然只能在企劃跟劇本上決勝負了。」

篠原推了推眼鏡這麼說道，這個動作讓她莫名有說服力。

「雖說要拍有趣的電影，但什麼叫有趣，每個人的想法應該都很不一樣吧？」

嗯嗯——眾人都仔細聆聽篠原的說法。

「所以你們認為什麼電影比較有趣？」

由於篠原想問大家的看法，大家便依序答道。

「當然得看導演是誰囉。如果是我的話，只要知道電影是哪位導演拍的，大致就可以判斷了。」

伏見彷彿很得意地這麼說道。她說話的模樣，簡直就像剛好經過這裡的行人被攔下採訪。

「我嘛，會看整體的氛圍跟設定……之類。並不是看由誰主演，或誰的作品。」

我的想法或許跟鳥越比較接近。

不過有時候對電影的氛圍或設定不是很瞭解，還是經常會被劇情簡介或煽動性的宣傳所吸引。

「當然是主演囉，主角最重要了。只要有喜歡的男女演員，就算劇情有點無聊也會想看吧。」

姬嶋的選擇標準也太粗略了吧——

「至於我嘛——其實自己也不太清楚。」

「那你今天來這裡幹麼啊，出口。」

「小高，你以後叫我阿出就可以了。」

「是說，大家的意見很分歧啊。」

「別無視我啊！」

要用綽號稱呼出口，我總覺得時候未到，還是等我做好心理準備再說吧。

我喜歡的電影是這樣——從每個人說出自己的意見開始，伏見拿出一本事先準備好的筆記本當會議紀錄簿，再由我代替她負責書寫。

看樣子，這樣根本無法整合。

伏見、鳥越，以及篠原這三人，如果要聊她們喜歡的故事或電影，那可有得談了。至於姬嶋，還是跟剛才一樣粗枝大葉，因此這樣很難統合大家的意見。

「情況如何呀——？」

茉菜這時冷不防探出頭。

「平常葛格儲存的零食，像今天這種場合應該可以拿出來吧？」

茉菜逕自把我應付嘴饞而私藏的零食放進籃子裡。

「喂，那是我的——」

「下次再買還給葛格，別抱怨了。」

「……」

出口目不轉睛地凝視著茉菜不放。

「明明是辣妹，卻充滿了強烈的母性……？」

他一副心動的樣子。

到此大家先休息一下，享用剛才端來的茶跟零食。

我為了轉換心情而返回自己的房間，尋找可供參考的漫畫，結果姬嶋也跟了進來。

「進別人房間至少先敲門吧。」

「現在還那麼客套幹麼。」

她噗嗤一笑直接坐在床上。

「這個房間，依舊跟以前一樣不是嗎？」

「我覺得沒必要去動它。」

「你把那些糟糕的東西藏哪去了……」

說完姬嶋就檢查我的床鋪底下，甚至翻起了我的枕頭套。

「這應該是出口才會做的事吧。」

「所以就代表你有藏囉。」

「嗯……多少有吧。」

現在還提這個做什麼？我們的關係從很久以前就算是坦誠相見、毫無保留了吧。

我坐在書桌前翻閱漫畫的內容。

「篠原剛才的行動，會把人給嚇死。」

「……其實我也記得她這個人。」

真的假的啊，或者該說，歌迷這麼多，身為偶像根本不可能記得每個人才對。

看來篠原當初一定很狂熱死忠，不然就是她做了什麼讓人印象深刻的事。

「『看到跟我同年紀的妳那麼努力，我覺得自己也該加油了』，當初篠原好像是這麼對我說的。希望她看到現在的我，不要大失所望才好。」

這種事不好說。

因為我從來沒當過所謂的死忠粉絲，恐怕無法體會那種心境，但篠原如今應該會很失望吧。

「妳可是姬嶋藍啊，別人對妳失望又算得了什麼。」

我背對著姬嶋繼續拿起另一本漫畫。

這一本，好像有點派不上用場吧……

當我正默默思索的時候，姬嶋再度開口了。

「我當初，就像逃跑一樣辭了偶像的工作。因為精神狀況不太穩定，身體經常出毛病，也無法全心全意投入排練……我以前明明是那麼嚮往那個世界啊。」

「呼嗯，是嗎？」

「你的感想就只有這樣喔？」

姬嶋的語氣似乎很無奈，但同時，也隱含了另一股安心的成分在內。

「老實說，我到現在都還沒挑戰過會逼得我逃跑的處境。所謂的逃跑，不過是事情的結果罷了，至少代表妳曾努力打拚過，我覺得光是這樣就很了不起了。」

或許是託了背對姬嶋的福，我可以流暢地說出內心的想法。

她已經試著努力過了，這對無所事事的我而言，毋寧說是件值得羨慕的事。

畢竟，我對於要朝什麼目標努力，到現在還沒頭緒。

「真沒想到我有一天必須接受你的激勵啊。」

「真對不起妳喔。」

姬嶋倏地從床上站起身，我以為她要出去了，結果她卻突然打開衣櫃。

「那裡面沒有藏色情書刊啦。」

「你誤會了。我想既然你家的樣子都沒變，那搞不好還在這裡——」

搞不好還在這裡……？

「啊，找到了！我找到囉，諒！」

姬嶋欣喜地高聲喊道。你看——她朝我遞出一本通用格式的筆記簿。

『三年一班　高森諒』

這是我的，筆記本……？

「你還沒扔掉，一直放在同一個地方耶。」

「與其說我一直放在那邊……」

應該是某天塞到衣櫃裡就忘了這件事，所以才會動都沒動吧。

「當初是諒跟我一起，把筆記藏在這裡面的，你忘記了嗎？」

喂——會議要開始囉——這時伏見的聲音從樓下傳來。

對此，我好像有印象，又好像沒有。

畢竟小學三年級，已經是七、八年前的事了。

我覺得最有可能的，是以為藏在這裡很保險，結果後來反而忘記當初放在哪，所以才消失不見……由於我記憶裡完全沒有找過的印象，鐵定是一藏就藏忘了吧。

這種事對缺乏耐性的小朋友來說稱得上家常便飯。

「等會借我看一下。」

因為姬嶋這麼要求，我就把那本筆記簿遞還給她。

當年把筆記本藏起來的時候，我跟姬嶋應該在裡頭寫了什麼，只是內容我現在已經完全沒印象了。

畢竟小學三年級生的空白筆記簿，就類似他們的塗鴉本一樣，裡面應該沒什麼要緊的內容才對。

返回客廳後，企劃會議繼續召開。

大家紛紛列舉覺得可供參考的作品，並以此為基礎提出可行的劇本設定。但這時馬上又會有人吐槽「這是抄襲吧」，總之進度依然很緩慢。

我再度體認到，那些創作電影跟漫畫的人有多麼了不起。

「既然鳥越同學負責劇本，這部分全部委由她不就得了？」

「呃，出口，如果照你的說法，那今天大家聚集在這裡的意義是——」

「嘎？你說今天喔！不就是以企劃會議為名義，實際上是為了找機會出來過夜嗎！」

最好是——

我朝鳥越跟伏見看了一眼，結果她們彷彿目的被拆穿了，直接躲開我的目光。

還真是這樣，竟然會有人為了這個特地開會？所以說大家都是為了度過愉快的自由夜晚才來我家囉？

唉——我忍不住嘆了口氣。

「那麼，劇情概要就拜託鳥越負責，之後如果她有需要再找其他人商量吧。」

大家紛紛點頭，似乎是同意了。

「我想中途一定會遇到困難，屆時再請教各位的意見。」

「小靜，加油。」

「嗯，到時候我應該會經常找高森同學商量吧。」

同在現場的茉菜跟篠原，雙眼都因好奇心而發亮，猛然看向鳥越那邊。

至於伏見跟姬嶋，則是目不轉睛地緊盯著我。

「畢竟我是處於導演的立場啊。透過巧妙的攝影手法，即便是低成本或許也能拍出看似很困難的劇本設定。」

因為篠原好像很不解地歪著頭，我繼續補充說明道。

「好比利用攝影機的角度，拍出外星人登陸的畫面。」

「小高，小高，那是不可能的啊。」

哈哈哈，笑死了——出口樂得直拍我肩膀，我則把他的手揮開。

「剛才那只是舉例說明而已……不過，就算攝影機視角裡沒有外星人，也可以透過構圖或臺詞安排，讓觀眾感覺外星人好像也在現場。」

這樣的演出效果有點廉價，但反正本來就是低成本的影片製作，盡量利用低成本的優勢就對了。

「咦，小高，沒想到你還滿厲害的。」

被出口誇獎真是一點也高興不起來啊……

「總而言之，之後跟高森同學討論的機會應該會很多吧。」

「Shizu，大有斬獲哩。」

茉菜這麼說道，鳥越好像很困窘地低下頭。

「我又不是為了那個……」

她摸著自己的瀏海，陷入沉默了。

由於茉菜要讓晚飯上桌了，我為了幫她也暫時離開客廳。

「茉菜，感覺妳今天很開心啊。」

「因為除了姬奈姊姊、小藍姊姊，還有 Shizu 以外，葛格把其他人帶來我們家這還是第一次吧？」
「是這樣嗎？」
「沒錯。所以葛格被許多人所愛呢。」
「妳那種形容方式，不太符合現實吧。」
「才沒有，人家只是感覺有點寂寞罷了。」
茉菜嘻嘻嘻地笑著，挽起我的胳臂，開始指示我端這個端那個。
把餐具都拿出來放好後，篠原也來廚房門口探出頭。
「怎麼了？」
「我今天恐怕得就此告辭了。」
「是喔？」
「因為今天經歷的事夠多了……」
啊啊，因為姬嶋那件事嗎？
「如果繼續跟她吸同一個房間的空氣，我恐怕再也承受不了了。」
「有那麼誇張嗎？」
我目送篠原走出玄關。她說了句「今天打擾啦」便離去了。
「那位 Shino 小姐，是知性冷靜的眼鏡少女，真不錯的屬性耶。」
跑來一起送行的出口，等大門關上後，才看似惋惜地這麼說道。

這傢伙，還真的是哪一個女生都好哩。

「相撲老大怎麼了？」

返回廚房後，茉菜對我問道。

「相撲老大以前好像是藍華的狂熱粉絲，所以繼續在這裡待下去擔心會失態。」

「難道她會開心到失禁嗎？」

「真的那樣也太噁了吧。」

沒過多久晚飯就準備妥當了，我把大家都叫到飯廳來享用。

「茉菜小姐，妳煮的飯菜真好吃。」

「還好啦——」

「諒每天都吃這種美食嗎？」

姬嶋這麼問道，我點點頭。

「今天算是特級豪華的菜單吧，其實樸素的和風家常料理，茉菜也很拿手。」

「還好啦——」

咯咯咯——茉菜得意到尾巴都要翹到天上了。

「姬奈就很不擅長下廚吧？」

「為什麼問這個問題時要以我很遜為前提呀？我的廚藝還可以，算普通吧。」

「姬奈姊姊很不會煮飯喔。」

「嗯，還是不要讓 Hina 掌廚比較好。」

「就說了我不是那樣嘛。」

唯一上得了檯面的菜色就只有燉南瓜這道，這種人應該稱不上「擅於料理」吧。

大家一邊隨便看著電視上的綜藝節目，一邊吃著晚飯。儘管給篠原準備的份多了出來，但還是很輕易就被眾人解決乾淨。

「茉菜小姐煮的飯太好吃了。」

「還好啦——」

等吃完以後大家一起收拾善後，接著就準備洗澡。

「姬奈，我們一起洗吧。」

「咦～」

「一起來嘛，姬奈姊姊。從小時候到現在，好久沒有三個人一起洗了。」

「我、我才不要……！」

伏見偷偷瞥了姬嶋跟茉菜的胸部幾眼，接著死命猛搖頭。

「怎麼了嗎？平胸也沒什麼好丟臉的嘛。」

「咕。等妳自己也是平胸再說這種話試試！」

「有什麼關係，有什麼關係嘛——姬奈姊姊這叫身材苗條。」

茉菜笑咪咪地輕戳伏見幾下。她根本是明知故犯嘛。

「這叫性騷擾，對胸部的性騷擾呀。」

伏見咧嘴露出牙齒，彷彿在恫嚇她們般，這時出口拍了拍她的肩膀。

「伏見同學，我不介意妳那樣喔？」

「真是的，你很討厭耶。」

伏見臉上的表情愈發憎惡起來。對這種平常在教室看不到的真實面貌，出口好像一副感激涕零的樣子。

「原來伏見同學，也會露出那種表情啊。」

「那是因為她很討厭你的緣故喔。」

「品學兼優的美少女，因厭惡而扭曲著臉龐，光是這樣就能讓我吃三碗飯了啊……」

什麼都可以接受的雜食性男子發言果然與眾不同。

……是說，難道她們就沒考慮過一個一個分開洗嗎？

「Hina，妳跟我一起洗吧。」

「如果是跟小靜就沒問題。」

聽篠原說鳥越其實是隱藏巨乳，但不知實際情況如何。

看伏見那麼爽快答應的樣子，鳥越的好身材恐怕相當難以被察覺。

「小高，那我們兩個男的也一起吧。」

「誰要跟你洗。我自己一個人就好，況且浴室很小。」

「嗯，這麼說也對。」

第一批是茉菜跟姬嶋，接著是伏見跟鳥越，然後是我，最後洗的人則是出口。

「小高，我跟你換一下吧。」

「為何？」

「純度那麼高的美少女洗澡水，我真想體驗一下。」

「葛格你們只能淋浴，把浴缸的水放掉不可以泡澡。」

茉菜翻起白眼，很明顯對出口提高警戒。

「如果不是葛格的朋友我早就死命踹了。」

「茉菜別這樣。」

「可是——」

哼哼——茉菜嘟起嘴脣。

「妳做那種事，對這個雜食性男子反而算是獎賞。」

「唔耶，好噁！」

即便被大家這麼說，出口還是完全不當一回事的樣子。這傢伙的精神防禦似乎如鋼鐵般強大啊。

「小高……等下睡覺時就算我淚溼枕巾，你也不要理我。」

看來他還是受傷了。

這只能說是自作自受，你好好給我反省吧。

當姬嶋跟茉菜去洗澡時，出口頗為感佩地說道。

「那些女生感情真好啊。」

如果說她們之間的相處方式跟男生不盡相同，這我倒是可以勉強理解。但話說回來，男生之間究竟該怎麼相處其實我也是一知半解，所以對此我保持沉默。

「茉菜小姐，就算不化妝也可愛嗎？」

「我對我妹沒化妝的樣子比較熟，所以我個人認為那樣更好。」

「喔喔。」

至於姬嶋怎樣我就不清楚了。

雖說應該不至於卸妝後就完全變成另一個人，但因為姬嶋一直有仔細上妝，等洗好澡出來給人的印象或許會為之一變。

我聽到浴室傳出茉菜激動的高亢說話聲，還有姬嶋彷彿在安撫她的沉穩語調。

伏見、鳥越、我、出口。

剩下的四人懶洋洋地看著電視，但這時鳥越好像突然想起什麼似地對著手機輸入起來。

她露出沉思的表情唸唸有詞，一邊歪著脖子，一邊嘀咕著「這樣，或許可行……」。

拍電影時最辛苦的職位難道不是劇作家嗎？

「喂，鳥越，有需要我幫忙的地方嗎？」

「沒有。」

我就知道……

「如果是要編寫臺詞之類的我還算懂，但像是故事的組成這種我就有點生疏了。」

伏見也一副想幫忙的樣子，但她對撰寫劇本好像也缺乏經驗。

鳥越究竟會寫出什麼樣的故事設定呢，成果真叫人迫不及待啊。

茉菜跟姬嶋依序從浴室走出來，接著換伏見跟鳥越進去洗。

「怎麼了嗎？」

我對剛洗好澡出來的姬嶋仔細端詳著。

原本給人華麗印象的臉孔頓時變得樸素許多，那張晶瑩剔透的臉呈現本來的樣貌，就像剛煮好的雞蛋一樣滑嫩。

如果說哪個比較保有兒時的影子，那鐵定是素顏的時候。

「只是覺得妳這張臉好令人懷念。」

「是嗎？」

出口跟茉菜一邊看電視，一邊熱烈地聊著。這齣連續劇，一開始是這樣這樣，後來又變那樣那樣——原來，他們兩個人都有在追，難怪談得很起勁。

剛剛拿給姬嶋的那本筆記簿，不知她收哪去了？

那就像是某種時空膠囊一樣，讓人很想對其中一探究竟。

說完剛才那些話，姬嶋就走往客廳的方向了，於是我連忙追過去。

不知是沒特別注意姬嶋，還是對連續劇依舊很熱中，茉菜與出口繼續待在飯廳那邊。

「諒，你記得自己在筆記裡寫了什麼嗎？」

「不，我忘光了。」

反正我的字本來就不好看，而且那上頭的名字，更是醜到如今完全無法想像的地步。

姬嶋開始翻閱筆記，大半都是塗鴉，有怪獸跟機器人什麼的，我還畫了當時喜歡的動畫角色等等。

「呼呼呼，原來你也有這麼可愛的時期啊。」

「一般小學三年級生的筆記都是這樣吧。」

「啊，這裡有相愛傘。」

姬嶋忽然高聲喊道。這邊這邊——她身體靠過來，用手指著筆記頁面。

從她那還有點溼潤的秀髮，飄出了我家潤絲精的氣味。這種香味由姬嶋散發出來，不知為何讓我莫名在意。

我順著她手指的地方望去，那一把相愛傘下，用兒童稚嫩的筆跡寫了我跟姬嶋的名字。

「因為當年還很孩子氣——所以我才認為，這有什麼大不了？大概就是這種感覺吧……那個，諒，你以前……是喜歡我的，對吧。所以我那時才會覺得，就算讓你寫一下，也沒什麼關係。」

姬嶋用空著的另一隻手代替扇子啪噠啪噠搧了起來，說完便仰望著我。

「我以前……喜歡妳嗎？」

「不論怎麼看都是那樣啊。」

在這頁以前的文字也是用相同的字跡所書寫，恐怕那把相愛傘就是我畫的吧。

「小學三年級的我，好吧，我想妳說對了。」

「什麼嘛，裝得一副很冷靜的樣子。」

然而姬嶋的嘴角還是因欣喜而鬆弛開來。

「我又不是故意裝酷……」

「是說，我還記得這個呢。」

姬嶋彷彿很懷念地瞇起眼，用指尖撫摸著頁面上的相愛傘。

「我以前早就察覺到，諒喜歡我這件事。而且反過來，你也察覺到我喜歡你這件事，我這麼說應該沒錯吧。」

是這樣嗎？咦？怪了？

「姬嶋，妳以前喜歡我嗎？」

「……」

她表情凝重地看了我好幾秒鐘。

「我不太明白你在說什麼。」

「呃，就是字面上的意思啊。」

「那並不代表，我還停留在過去喔。現在才把小學三年級的事重新挖出來，又有什麼意義呢？」

「剛才是妳先提起這件事的耶。」

從先前一連串的發言推斷，我這麼說應該沒錯吧。

「當年我們是相親相愛。」

雙眼筆直凝視我的姬嶋這麼低聲說道。

「——至少諒是這麼認為的。」

看來她打死不願服軟了。

「既然是那麼久以前的事了，誰先喜歡誰，現在都無關緊要了……我是這麼覺得啦。」

關於這點，我對伏見的事也有類似的看法。

那傢伙老是要我遵守當年的約定什麼的。

雖說伏見的個性恐怕就是那樣，但我認為人根本沒有必要被過去的口頭約定所束縛。

「都是諒引起的，還有資格說這種話。」

「我想說的是，不必太在意當年在筆記本上寫了什麼啦……妳先前不是說，不要停留在過去嗎？小學時代的『喜歡』，現在回顧起來也未免太孩子氣了——」

「那也好啊，我沒意見。」

我本來還想繼續說下去，卻被姬嶋打斷了。

「我只是希望你明白，抱持那種心意的，並不僅限於小時候的我而已，如果你能聽懂我會很高興。」

結果她還是坦承了。

那剛才吵了那麼久到底是為了什麼。

「現在是現在，以前是以前，這樣不是比較乾脆嗎？」

我想強調的則是這種看法。

「是沒錯啦，但戀愛這種東西，只要還沒結束對對方的心意就不會改變喔？」

「妳那麼說也有道理。」

被意中人討厭，告白被拒絕，自行放棄，或是感覺不再愛對方了——戀愛結束的方式有許多種。

但我可沒想到，這位前任偶像竟還會對當年的事念念不忘。

姬嶋把手擱在大腿上，倏地將臉湊過來。

「你以為，我的初戀結束了嗎？」

我不得不撇開臉，勉強應了句「我哪知道」。

況且我根本不確定姬嶋的初戀對象是不是我，所以就算問我這個問題我也沒法回答啊。

「……小藍，妳在做什麼？」

洗好澡出來的伏見，並沒有現身在通往飯廳的門，而是不知何時站在靠玄關的門那邊。

儘管她臉上掛著微笑，底下卻有一種漆黑的玩意滲漏出來。

「也沒什麼，聊天而已。」

「不會靠太近了嗎——？這樣很奇怪耶？對不對——？」

「或許吧。」

眼見姬嶋擺明了要裝傻，伏見的太陽穴上猛然爆出青筋。

「夠……夠、夠了唷，快離開小諒————！」

伏見發出足以震撼附近鄰居的響亮音量。

我心想，真不愧是接受過戲劇課的發聲練習。

理解眼前情況並不尋常的我，硬是把姬嶋推開，遵照伏見的要求保持距離。

伏見還站在客廳入口，發出「唔唔唔唔」的聲音，嘴角死命向下撇著。

她的眼眸看似正溢出淚水，緊閉的雙唇也微微發出顫抖，最後她終於背對過去沿著走廊跑開了。

「伏見！」

我想也不想就立即採取行動。從沙發站起身，正準備追過去，手臂卻被揪住了。

「你想去哪啊。」

「去哪……？」

姬嶋，妳自己剛才也看到了吧。

我還有很多話想說，但喉嚨就好像被掐住了一樣，一個字也吐不出來。

「就算你現在跑過去，你也幫不了任何忙喔？」

「或許是那樣吧。」

不知道剛才伏見在那邊站了多久了。或許姬嶋早就察覺到，伏見在旁邊偷聽的事。

「你也差不多該學會教訓了吧，有時候溫柔只會製造更嚴重的傷害而已。」

「妳說什——」

「我知道那是諒的個性，而且的確也算身為人的一種美德。不過對姬奈而言就不同了，在你極為有限的朋友當中，你可是無自覺地對她過度溫柔。」

姬嶋這時終於放鬆我的臂膀。

「你喜歡姬奈嗎？」

「幹麼突然問這個。」

「如果喜歡……如果你愛她的話，就去追吧。」

哼——姬嶋很不客氣地拋下這番話。

我忍不住嘆了口氣。

啪噠啪噠——我邁出步子準備離開客廳。

「咦？喂，不是吧？你、你真的要追過去喔!?」

我聽見姬嶋發出詫異的質疑聲。

「吵死了，笨蛋！妳很煩耶，什麼喜歡不喜歡的！為什麼任何事都要以這個基準來判斷啊？總之，我沒有必要聽妳的指揮！」

「咦咦咦……這種發展跟我當初的預期不一樣啊……!?」

我離開客廳了，只能聽見姬嶋在背後傳來的聲音。

「你這個人就是死性不改，才會給那麼多人造成困擾，真是的不理你了！」

我明白那只是姬嶋好意提醒我的方式，不過，既然已經先讓伏見產生不必要的誤會，還是趕緊化解掉再說。

我看到伏見的鞋子還在玄關，既然這樣——我抬頭仰望樓上。

爬上階梯悄悄打開走廊的第一扇門，在我的床鋪蓋被下，有個人體形狀的隆起。果然在這。

我這才鬆了口氣。

伏見這時從棉被底下稍微探出臉，一確認是誰走進房間後，整個人又馬上縮進被窩。

「喂——」

只見她連人帶棉被，像蓑衣蟲一樣死命扭動著，最後在床鋪邊緣留下一些空間。

……是要我坐下嗎？

是說她整個人都鑽進我被窩了，這害我頓時擔心起來，棉被該不會有什麼難聞的氣味吧。

咕嘶——伏見先是用鼻子抽泣一聲，接著才快速地說著。

「你來這裡做什麼？」

「這是我的房間啊，主人來這裡也沒什麼稀奇的吧。」

我坐在伏見騰出的空間上，背對著那隻蓑衣蟲。

「你跟小藍在打情罵俏吧。」

「那是因為姬嶋她。」

「如果我放著不管你們就要親下去了。」

「才不會哩。」

「你騙人。」

蓑衣蟲用斬釘截鐵的口吻繼續說道。

「當初跟轉學生在體育館器材室形跡可疑的人就是小諒吧。因為會在那個時間點跟小藍在一起的人，就只有小諒而已。」

……被抓包了。

「但是我們什麼都沒做啊。」

向她道歉也怪怪的，這種時候究竟該怎麼說比較好？

因為我的口才實在太差了，不免又陷入沉思。

「真的嗎？」

「真的。都是那些會錯意的傢伙擅自亂傳謠言。」

「我相信你。」

「謝謝。」

我輕輕地撫摸著那床棉被。

這時棉被倏地滑開了，伏見只露出一顆腦袋。

「……」

她還是一臉不悅的表情。

「繼續呀。」

她是指就算沒有隔著棉被也要摸的意思吧。

於是我撫摸伏見的頭頂，她的臉色瞬間變得開朗起來。

「我本來還期待能開一場愉快的睡衣派對哩。」

「真抱歉啊。」

「雖然是小諒不好，但不是小諒的錯。」

這是某種謎題嗎？

「倘若真有誰是壞人，只要把那傢伙收拾掉就行了。可惜天底下的事沒那麼容易……」

伏見這麼低聲咕噥著，最後直接睡著了。

時間已經來到深夜十一點。

本來打算辦睡衣派對的傢伙，怎樣都不該在這個時間點睡著吧，但想必伏見平常都是這時就寢的。

樓下似乎傳來說話聲。我從衣櫃取出一套塵封已久、可四人同樂的遊戲主機和片子，返回一樓的客廳。

這款遊戲出口好像也很熟，於是他主動對姬嶋跟鳥越說明玩法。

「葛格，姬奈姊姊呢？」

「好像睡死了。」

「睡了～？難得有這個機會來我們家過夜哩～？」

茉菜頗不滿地揚起一側的眉毛。

「姬奈姊姊，到底來我們家做什麼啊，真是的——啊，她的寢具怎麼辦？是睡在我的床上嗎？」

「不，她擅自跑到我的床上睡了。」

「呼嗯——？我還以為發生什麼事，原來啊。」

別露出那種意味深長的笑容好嗎？

「我什麼都沒做喔。」

「嗯，我就知道。畢竟是葛格嘛。」

茉菜再度咧嘴露齒而笑。

由於大家開始玩遊戲，我便趁機去洗澡。話說回來，茉菜吩咐過我一定要把洗澡水放掉，我只好淋浴了事。

當年我跟姬嶋一起藏起來的那本筆記，一定還寫了其他什麼吧。

我跟伏見之間有過一大堆約定（應該吧）。關於這部分，小時候想必也留下了類似的筆記當證據才對。

我從浴室出來，沒理會已完全沉迷打電動的那四人，悄悄在客廳攤開筆記翻閱。

「茉菜小姐，妳那樣太詐了吧!?」

「哪裡詐了？這是常用的招式啊。」

「啊，靜香同學剛才——」

「姬嶋同學，勝負是不講情面的。」

這臺遊戲主機儘管很舊了，但四人對戰起來還是可以玩得相當盡興。

我跟茉菜、伏見、姬嶋四人，小時候經常玩這款遊戲片，令人感到相當懷念。

我一邊聽旁邊打電動的喧鬧聲，一邊重讀這本筆記簿。

上頭幾乎全都是醜得要死的字跟難看的塗鴉，不過小三生的筆記本大抵都是這樣吧。

——儘管有這種感想，但越後面就越接近我現在的筆跡了。

因為沒有註明日期所以不太能肯定，但因為筆記本後面剩下的頁數很多，好像就開始代替便條紙使用了。

我一眼瀏覽過去，果然有我預期的內容在上頭，大致就是些雙方約定過什麼事的紀錄。

要上同一所大學、要手牽手——裡面列舉了好多項。

這跟伏見之前提過，小時候兩人約定好的事，內容完全一致。

「原來跟伏見的約定，都有好好記錄下來啊。」

太好了。

有了這個當佐證，下次伏見再提什麼約定，我就可以判斷那是真的還是她信口胡謅的內容了。

19 筆記本

返回客廳後，我也加入了電玩大會。伏見似乎被我們的噪音吵醒也跑了過來，大家一直玩到深夜。

「這樣不會吵到鄰居嗎？」

出口擔憂地說道，但伏見跟姬嶋只拋出一句「沒事啦」，就把出口的疑慮打發掉了。

「因為有茉菜在啊。」

「鄰居們對茉菜的評價好像都很不錯，對吧？」

「欸嘿嘿，真不好意思。」

我家的這位妹妹，在附近一帶人緣極佳，不論做了什麼事都不會惹鄰居不高興。

已經半睡半醒的鳥越，被伏見、姬嶋以及茉菜一起帶離客廳。

「小高，我們也該睡了吧。」

「是啊，那麼晚安。」

「等一下等一下，那我的寢具呢？」

我對客廳沙發迅速瞥了一眼。

「那個？就是我的床？」

「如果你不喜歡大可回家……」

「我的待遇未免太差了吧!?」

「我認真跟你說，我家給客人用的寢具就只有三組而已。」

「那我去睡小高的床，小高去跟妹妹一起睡，這不就夠用了嗎？」

說什麼鬼話。

「那我去拿一些坐墊出來好了。」

「我要看的就是你這種誠意啊。」

畢竟出口也是客人，讓他睡地板未免太過分，因此，我從壁櫃裡拿出幾張坐墊，搬到樓上自己的房間。

「小高的房間，還真是什麼都沒有耶，該說這很有你的風格嗎？」

「會嗎？」

我把坐墊鋪到床旁邊的地板，出口立刻撲通一聲倒臥上去。

我也躺到自己的床上，關掉電燈。

被窩有股香味，八成是因為先前伏見在這裡睡過吧。

她明明才睡了一小時左右而已，這張床感覺已經不像是我的了。

「小高，你睡覺習慣熄燈喔？」

「嗯。」

「我比較喜歡至少點一個小燈。」

「那我送你一句話『入境隨俗』。」

「好吧我無話可說了。」

這害我忍不住低聲笑了出來。

「真希望電影的拍攝工作能順利。在此之前，我對學校舉辦的活動都是抱持隨便應付的心態。該怎麼說，像這樣嚴肅認真地面對反而會讓我感到很不好意思……」

我非常能理解出口這種心情。

「擺出一副吊兒郎當的姿態比較瀟灑——雖說也沒不屑到這種程度，但聽別人的命令行事，就是會給我一種很厭惡的感覺。那樣一來，就不是我主動想做，而是被別人逼迫去做了。」

我的視力逐漸適應黑暗，可以隱約看見家具跟天花板燈具的輪廓。

「不過要自己拍攝電影，也是伏見主動提議的吧，這麼一來不就跟聽別人命令行事很接近了嗎？」

「但我完全沒有被逼迫的感覺耶。你們兩位班長事先也徵詢過全班的意見。況且，這也要看是哪個人提議的。如果換一個人提議拍電影，我猜就會被大家反對了。就好比同樣的搞笑橋段，由知名度高的藝人表演，跟班上的同學來表演，效果一定是天差地別吧。」

這個比喻恰當嗎？

所以囉——出口這時總結道。

「以伏見同學跟小高這對班長雙人組為中心的話，我總覺得認真參與一次學校的活動，應該也是個不錯的體驗吧。」

原本我可是毫無幹勁型男生的第一把交椅耶。

現在我卻搖身變為積極的象徵，還把當初想法跟我類似、內心毫無鬥志的男生也鼓舞起來……這是真的嗎？

「別說那種讓人害臊的話了，快睡。」

我才剛說完這句話沒多久，就聽到了出口的酣睡聲。

就是因為有人會對我說剛才那些話，我才無法拋下班長的職務不管啊。

……其實我更希望，要是之後拍攝也能這麼順利就好了。

我在介於早晨跟中午之間、這種不上不下的時間醒來，吃起茱菜準備好的早餐。

大家好像都起床了，正在收拾東西準備回去。

「打擾了。」

鳥越在玄關對我微微鞠了個躬後，便轉身離開屋子。

「等一下我送鳥越同學去車站……那麼，就先這樣啦。」

自以為帥氣的出口，就像要追趕鳥越的腳步般，動身踏上歸途。

「小諒，明天見囉。」

「諒，再見。」

伏見跟姬嶋也雙雙拿起自己的行李回去了。

「葛格，家裡怎麼突然變得好冷清。」

我並不是無法體會茉菜的心情。

結果，明明是為了開企劃會議而集宿，正題卻幾乎毫無進展。

幸好等結束後回頭一看，還算是滿開心的，就當作是愉快的回憶吧。

我跟茉菜一起動手收拾客廳跟廚房，最後打掃到自己的房間。

這裡並不是大家主要聚會的地方，整理起來並不礙事。

『那本筆記，在你那邊嗎？』

這時姬嶋突然傳訊過來。

『在我這邊。』

『是喔，那就好。』

頓時我心底湧現一個疑問。

『為什麼當初姬嶋要跟我一起把筆記藏起來，妳還記得嗎？』

『這還用問嗎？當然是上面寫了關於我跟諒的事啊。』

我按照姬嶋所傳訊息的字面意義喃喃重複一遍，並同時翻閱著那本筆記。

「我跟她的事……」

……我跟姬嶋的事？

『除了相愛傘下面有寫名字外，其他的也是嗎？』

『你自己仔細看看筆記本後面吧，不是寫了許多很孩子氣的約定嗎？』

一起放學回家，要手牽手──諸如此類寫了一大堆。

這是我跟姬嶋？

咦？

『那些，不是我跟伏見的約定嗎？』

叮咚叮咚──剛才雙方回訊速度還很快的聊天室，現在忽然停在姬嶋已讀的狀態不動了。

怪了？

這是怎麼回事？

這時電話鈴聲響了，是姬嶋直接打的。

「喂喂。」

『你剛才說你跟伏見的約定，那是怎麼回事？』

「什麼怎麼回事……」

我告訴姬嶋，筆記本裡面我所寫的那些約定，跟伏見最近跟我提過的兒時約定內容完全一致。

『如果是我轉學以後你跟她之間發生的事就另當別論。但假使是發生在我轉學前，那跟諒做出那些約定的人，就只有我而已喔……』

就只有姬嶋而已……？

中學以後我就沒跟伏見做過任何約定了吧。

甚至沒多久之前雙方還保持一定的距離。

所以說，事情是發生在姬嶋轉走以後囉。

並沒有之前以為的那麼久遠。

「會不會只是姬嶋不知道而已，其實伏見同樣跟我約定過也說不定？」

然而，我壓根不記得自己跟伏見約定過那些事，完全忘得一乾二淨。

『假使姬奈曾經跟諒約定過那些的話，她一定會很高興地跑來向我報告喔。屆時我發現內容跟我的完全一樣，我一定會更為介意。』

難不成……

當初我以為自己忘記跟伏見小時候約定過的這個前提，是錯的。

『姬奈她，從以前就很擅長模仿我。』

我們幾個從小就玩在一塊，很習慣大家一起做相同的事。

『倘若原因是出於諒忘掉了跟姬奈的約定，那就會出現許多矛盾了。』

姬嶋似乎也推導出跟我一樣的結論。

『筆記本上的那些約定，僅屬於我跟諒之間。』

也就是說——

『因為諒跟姬奈根本沒做過那些約定，諒不記得也是理所當然的吧。』

接著姬嶋更進一步斷定道：

『畢竟，那些事從頭到尾都沒發生過。』

為了尋找反駁的根據，我試著從書桌抽屜挖出另一本筆記簿。

原來我以前喜歡的對象，不是伏見而是姬嶋啊……

伏見最近跟我強調的那些兒時承諾，我早就跟姬嶋約定過了……

找到了，這是另外一本筆記。

這本筆記的某些部分被撕掉了。

——等升上高中，我要跟姬奈初吻。

上頭寫著如今看起來會想挖個地洞鑽進去的丟臉內容。

所以說我一開始喜歡姬嶋，後來才把對象換成伏見嗎？

與其說我無情，不如說我真是個見異思遷的傢伙啊。

「喂，姬嶋，我跟伏見果真在小學六年級的時候做過約定耶。」

電話另一端傳來了好像很掃興的嘆氣聲。

『啊，是喔。既然這樣就不必再討論了。小六的時候我明明還跟你寫過好幾封信，你這傢伙還真是個劈腿男啊。』

姬嶋以半開玩笑的口氣責備我。

「關於這點我對妳感到很抱歉。不過，請聽我解…………咦？」

我用手指滑過『等升上高中～』那幾個字進行確認。

『你怎麼了嗎？』

總覺得很不自然。

啪啦、啪啦地翻動前後頁面，最後再返回剛才的地方。

果然。

——等升上高中，我要跟姬奈初吻。

這不是我的筆跡。

後記

大家好，我是謙之字。

很快啊，本系列已經出到第三集了。

這一切都是託了購買本書的諸位讀者之福。

真的非常感謝大家。

第二集也因為獲得好評而再版當中，不知道第三集的評價會怎麼樣。我謙之字寫這篇後記的時間點是二〇二〇年十月，對第三集出版後的情況還非常焦慮不安。

那麼，關於第三集的內容，在上一集最後登場的女角，也加入了伏見跟鳥越的這組，接著就是所有人去校外教學～劇情基本上就是這樣了。

另外，謙之字我覺得還滿喜歡的部分，就是跟男主角交上朋友（？）的出口同學了。在另一本拙作《穿越時空回到高2～》裡，也有個角色處於這種好友的立場上。像這類的男角，只要待在男主角身邊，便能提供跟男主角截然不同的另一種男性觀點，使小說的內容更有深度，可說是相當貴重的人物。由於基本上這類角色都會負責裝傻，所以推動劇情會變得更容易，真是幫了筆者一個大忙啊。

說起第三集，如果是其他輕小說的話，時序也差不多進入暑假了。但本系列的第三集還停在梅雨季節，差不多是六月左右吧。不過，我想下一本也總該要放暑假了，本書主人公們的青春篇章就像龜爬一樣緩慢，而今後也預計會維持這樣的步調。

第三集的出版，受到了諸多工作同仁的關照，實在是令我誠惶誠恐，在此一併對各位致上謝意。非常謝謝大家，以後也請多多指教了。

這一集的結尾斷在令人非常介意的地方，那麼下一集的劇情發展又會如何？還請務必期待第四集。

謙之字

國家圖書館出版品預行編目資料

救了遇到痴漢的S級美少女才發現是鄰座的青梅竹馬／謙之字作；Kyo譯．-- 1版．--［臺北市］：城邦文化事業股份有限公司尖端出版：英屬蓋曼群島商家庭傳媒股份有限公司城邦分公司發行，2022.01-
冊；　公分
譯自：痴漢されそうになっているS級美少女を助けたら隣の席の幼馴染だった
ISBN 978-626-316-344-7（第3冊：平裝）

861.57　　110018893

浮文字

救了遇到痴漢的S級美少女才發現是鄰座的青梅竹馬 3

（原名：痴漢されそうになっているS級美少女を助けたら隣の席の幼馴染だった3）

著　者／謙之字　插　圖／Fly　譯　者／Kyo
榮譽發行人／黃鎮隆　美術總監／沙雲佩　國際版權／黃令歡、梁名儀
總經理／陳君平　美術編輯／方品舒　文字校對／施亞蒨
協　理／洪琇菁　執行編輯／曾鈺淳　內文排版／謝青秀
總編輯／呂尚燁　企劃宣傳／楊玉如、洪國瑋

出　版／城邦文化事業股份有限公司 尖端出版
台北市中山區民生東路二段一四一號十樓
電話：（〇二）二五〇〇－七六〇〇
傳真：（〇二）二五〇〇－二六八三
E-mail: 7novels@mail2.spp.com.tw
發　行／英屬蓋曼群島商家庭傳媒股份有限公司城邦分公司 尖端出版
台北市中山區民生東路二段一四一號十樓
電話：（〇二）二五〇〇－七六〇〇（代表號）
傳真：（〇二）二五〇〇－一九七九
中彰投以北經銷／楨彥有限公司（含宜花東）
電話：（〇二）八九一九－三三六九
傳真：（〇二）八九一四－五五二四
雲嘉經銷／智豐圖書有限公司 嘉義公司
電話：（〇五）二三三－三八五二
傳真：（〇五）二三三－三八六三
客服專線：〇八〇〇－〇二八－〇二八
南部經銷／智豐圖書有限公司 高雄公司
電話：（〇七）三七三－〇〇七九
傳真：（〇七）三七三－〇〇八七
香港經銷／一代匯集
香港九龍旺角塘尾道六十四號龍駒企業大廈十樓 B&D室
電話：（八五二）二七八三－八一〇二
傳真：（八五二）二七八二－一五二九
新馬經銷／城邦（馬新）出版集團 Cite（M）Sdn. Bhd.
E-mail: cite@cite.com.my
法律顧問／王子文律師 元禾法律事務所
台北市羅斯福路三段三十七號十五樓
二〇二二年一月一版一刷